天使にくちづけを

CROSS NOVELS

高尾理一

NOVEL:Riichi Takao

せら

ILLUST:Sera

CROSS NOVELS

CONTENTS

CROSS NOVELS

CONTENTS

天使にくちづけを

Presented by
Riichi Takao with Sera

CROSS NOVELS

高尾理一

Illust せら

プロローグ

――俺はこんなところで野垂れ死ぬのか……。

ヴィンセントは悔しさを噛み締めながら、喉元にこみ上げてくる呻《うめ》き声を押し殺した。

ナイフで抉《えぐ》られた左脇腹の傷は深い。標的を即死させられず、決死の反撃を食らい、こちらが半死半生の目に遭うなど大失態もいいところだ。

殺し屋という仕事に慣れが生じてきて、自分でも気づかない気の緩みがあったのかもしれない。ヘマをして死ぬときとは、こんなものなのだろう。

簡単な仕事のはずだった。標的の男が一人になるのは午後からのほんの数時間だけだったが、昼間の仕事は珍しくない。

ここは車社会のアメリカにしては交通機関が発達した街で、アシがつかないよう、移動手段を公共の乗り物にしたのが裏目に出た。逆襲してきた男にとどめを刺し、自身の止血をしてから速やかに現場を離れたものの、怪我をした身体を人目から隠しながらでは遠くまで逃げられず、体力の限界が来て、入り組んだ路地裏で倒れこむ羽目になった。

誰かに見つかって通報されれば、そこまでだ。標的の部屋にはヴィンセントの血痕が残っている。どんな間抜けな警察でも、即座に調べがつくだろう。

だが、逮捕される前に死が訪れそうだった。

ずっと人を殺してきたから、死ぬことに恐怖はなかった。死因はともかくとして、老若男女区別なく、人はみな死ぬ。

自分の番がやってきただけのことだが、路地裏に転がって、無様な死体を曝《さら》さなければならないことが屈辱的だった。

ヴィンセント・ラースという、標的に返り討ちにあった間抜けな殺し屋の名前を、警察は突き止めるかもしれない。もちろん偽名で、この稼業を始めたときに自分でつけたものだ。

親がつけてくれた本当の名前を知っている者は、今やヴィンセントただ一人である。

意識を失えばそこで終わると本能が危険信号を発し、ヴィンセントは傷口に爪を立て、遠のく意識を引き戻した。

「……っ」

激烈な痛みがよみがえり、食いしばった歯の隙間から細い息を押しだす。

血が止まらない。体温が失われていく。自分の命が消えようとしていた。待っているのは地獄に決まっている。

金銭を報酬として、他人の命を奪い続けた男に天国の門は開かない。天国に行きたいと思ったこともない。

本当に神がいるなら、もう少しましな人生を自分に与えてくれてもよかった。

幼少時に両親と死に別れたヴィンセントは、里親に引き取られたが、虐待に遭って家出をした。

アメリカではよくある話だ。

ストリートでスリをしてその日その日を食い繋ぐ暮らしを送っていたとき、ジーノに拾われた。ジーノは殺し屋を生業《なりわい》にしていて、ヴィンセントはその手伝いをさせられながら、殺しのいろはを教わり、訓練を積み、裏社会で生きていくすべを学んだ。

失敗は死を意味するから、訓練は厳しかったものの、飢えもせず、虐待もされない生活は平穏と呼んでも差し支えないくらいだった。従うしか選択肢がなかったとはいえ、ジーノとの生活をヴィンセントは気に入っていた。

ジーノがなにを考えて、息子ほど年の離れた孤児のヴィンセントをそばに置き、殺人に関する技術を仕込んだのかはわからない。ジーノは語らなかったし、ヴィンセントも問わなかった。

ヴィンセントが一人前になると、ジーノは黙って姿を消した。それは死期を悟った動物の行動にも似て、ヴィンセントは彼を捜さなかった。

それからはたった一人、唯一学んだ技術を生かし、人を殺す日々を送った。もう何十年もこうやって生きてきたような気がしていたが、ヴィンセントはまだ二十三歳だった。

奇跡が起こり、ここで生き延びることができたとしても、自分はまた人を殺すだろう。殺して殺して、殺し続けるだろう。

それが仕事だからだ。ジーノに拾われてから、それ以外の生き方など考えたこともなかった。

「ああ……」

とてつもなく重い疲労感が弱りきった身体にのしかかってきて、大きなため息をついたとき、恐れていた人の気配を感じた。

「……真っ白の猫を見つけたんだよ。おじいちゃん、こっち、こっち！」

子ども特有の高い声がして、小さな足音が近づいてくる。

ヴィンセントは息を詰めた。今日はよくよく、ツイていない日らしい。

「これ、タカヤ。走ると転ぶぞ」

祖父らしき男のたしなめる声もしたが、孫を甘やかすことに喜びを感じる好々爺《こうこうや》そのもので、警戒心はあまり窺《うかが》えなかった。

このあたりは比較的裕福な人たちが住む地区で、治安もいい。真っ昼間から血塗《ちまみ》れで死にかけている男が路地に倒れているなんて、思いもしないのだろう。

子どもだけなら追い払えたかもしれないが、祖父も一緒なら万事休すである。どうするべきか。通常なら、不運な目撃者は始末するのが鉄則だ。だが、今はなにかをしたくても身体が動かない。

いついかなるときも冷静であり続け、最善の方法を選択してきた頭の働きも、一秒ごとに衰えてきている。

生にしがみつき、足掻《あが》く気持ちが薄れ、ヴィンセントは諦念《ていねん》で我が身を包んで目を閉じた。

もう、逃げられない。

「白い猫ちゃん、シュガーみたいに真っ白な猫ちゃん、どこですか」

子どもは調子外れの節をつけて歌っている。ヴィンセントを地獄へと導く歌なのに、どうしたことか、耳に心地よい。

跳ねるような足音がすぐそばまで来て、止まる。

歌が不自然に途切れ、ヒュッと音がして、子どもが息を吸いこんだのがわかった。予想とはかけ離れたものを見た子どもの悲鳴が、周囲に響き渡るのを待つ。

だが、悲鳴はいつまで経っても聞こえない。怯《おび》えて祖父に助けを求める声も、恐怖に震えて泣きだす声も。

仕方なく、ヴィンセントは重い瞼《まぶた》を押し上げた。

うっすらと開いた先に飛びこんでくる、小さな白い顔。不思議そうに見開かれた茶色い瞳。赤く色づいた愛らしい唇。くるくるした金色の巻き毛。

そこにいたのは、天使だった。

1

伊波貴也《いなみたかや》はアメリカ、カリフォルニア州にある祖父の家にいた。

子どものころ、夏休みや冬休みになると母のマリアと一緒に訪れ、祖父のルイージと楽しい時間を過ごした家だが、今は貴也しかいない。

母は二年前に病死した。祖母、つまりルイージの妻は貴也が生まれるずっと前に、事故で亡くなったと聞いている。

そして今日は、祖父までも死んでしまった。

「おじいちゃん、母さん……」

小さな声で呼んでみても、返ってくる声はない。

身悶《みもだ》えしたくなるほどの強い孤独に襲われ、貴也は自分で自分を抱き締めた。まるで世界に独りぼっちになってしまったような気がする。

母のマリア・アルジェントはイタリア系アメリカ人で、アメリカに海外赴任していた日本《にほん》人サラリーマンの伊波亮介《りようすけ》と出会い、恋に落ちた。二人はアメリカで結婚し、一人息子の貴也が生まれたが、その直後に亮介に帰国辞令が出て、一家は東京《とうきよう》で新生活を送ることになった。

気軽に会いに行けない異国へ、可愛い娘と生まれたばかりの孫を連れ去られてしまうことになった祖父はとても寂しそうで、一気に十歳は老けこんだように見えたという。

しかし、国際結婚はうまくいかず、両親は五年前、貴也が十五歳のときに離婚した。貴也は母親に引き取られ、父親とはほとんど会っていない。

離婚後、マリアが日本に残ったのは、高校受験を控えた貴也のためだった。

本当は、たった一人の肉親である優しい祖父のもとへ帰りたいと願っていることを貴也は知っていたけれど、なにも言わない母の優しさに甘えて、日本にいることを選んだ。

英会話塾の講師として働き、疲れたところなど見せなかった母は、貴也が大学に入学した年の初夏に突然倒れた。悪性の腫瘍が全身に転移し、余命三ヶ月と宣告されたときの気持ちを、貴也は一生忘れないだろう。

入院した母は日に日に弱り、しきりに祖父と祖父が一人で暮らすアメリカの家を懐かしがるくせに、痩せ細った自分を見せるのは忍びないと言って、祖父には軽い病気だと嘘をつき、貴也にも口止めをした。

祖父の気持ちを思えば、本当のことを打ち明けたかったが、祖父には内緒にしてというのが母の最期《さいご》の頼みごとで、貴也との最期の約束になることもわかっていたから、それを破ることもできず、貴也は悶々と悩み、何度も泣いて、出口の見えない迷路をさまよった。

しかし、その問題は祖父が解決した。

軽い病気と言っていたにもかかわらず、まったく電話に出られない娘と、電話に出ても元気がなく、どこか不安定な孫の様子が気になって、連絡もなしに日本に飛んできてくれたのだ。

病室で迎えた母は、ばれちゃったのね、と言いながらも祖父と会えたことを喜んだ。

貴也は安堵《あんど》し、変わり果てた娘の姿に衝撃を受けた祖父も、娘に残された時間に間に合ったことを神に感謝した。四日後に母は亡くなり、葬儀が終わるまで日本にいてくれた祖父と貴也は、身を寄せ合って言葉もなく泣いた。

死ぬ間際、母があれほど恋しがったレンガ造りの家に、貴也は独りぼっちで座っていた。温かい思い出はたくさんあっても、身を寄せ、悲しみを分かち合う人は残っていない。

だが、貴也は母を亡くしたときのように泣いてはいなかった。祖父が運ばれた病院で会った警察官の言葉が、頭に渦巻いて離れないのだ。

祖父は三日前、道を歩いているときに、後ろから走ってきた車に轢《ひ》き逃げされた。

『目撃者の証言によると、轢き逃げ犯の乗った車はミスター・アルジェントに向かっていって、故意にぶつかったように見えたらしいの。あなたのおじいさんが誰かと揉めていたとか、恨みを買っていたとか、なにか心当たりはないかしら』

四十代くらいの女性警官にそう訊かれたが、遠く離れた日本で暮らしている貴也に、心当たりなどあるはずもない。

祖父の交遊関係は知らなかったし、最後に祖父と会ったのは、母が死んだときだった。

長期の休みを利用して母とともに祖父のところへ遊びに行っていたときもあったが、それは貴也が小学生くらいのときまでで、それ以降は近況を報告し合う電話をしていたくらいである。

母が亡くなってからは、電話の内容も孫を気遣うものばかりとなり、祖父自身の話題など出なかった。仮に誰かと揉めていたとしても、孫にそんな話をする祖父ではない。

事故の知らせを受け、用意もそこそこに急ぎ単身渡米した貴也は、祖父の死に目に間一髪で間に合った。

病院関係者が気を使い、最期のときは二人きりにしてくれた。数えきれないほどのチューブを全身に刺された祖父は、話ができる状態ではなく、貴也は病床の母を思い出して激しいショックを受けた。

かける言葉もなかったけれど、生きている最後の姿を目に収め、まだ温かい手を握ることはできた。つらいことだが、それはそれでよかったのかもしれない。母の臨終のときは、大学に行っていて間に合わず、それが心にしこりとなって今でも残っているからだ。

貴也はリビングのソファに座り、テーブルに視線を投げてぼうっとしていた。時差の影響もあってか、頭が鉛《なまり》のように重い。

考えなければならないことはたくさんあるのに、なにひとつ具体的に考えられない。冷たい水で顔を洗えば、少しはすっきりするかもしれないが、立ち上がるのも億劫《おっくう》だった。

親指の関節を使って眉間を押し擦っていると、ふと部屋の空気が動いたような気がした。

なにげなく顔を上げた瞬間、貴也は悲鳴をあげ、ソファから転げ落ちた。見知らぬ男が、キッチンに続くドアのところに立っていたのである。

予想だにしない事態に、貴也の肉体は固まってしまった。今すぐ立ち上がって逃げろと本能が訴えても、腹にも足にも力が入らない。

「……」

貴也は馬鹿のように、床にへたりこんだまま呆然と男を見上げていた。強盗か、変質者か、とにかくろくなものではないだろう。

男の両手はだらりと下がっていて、銃やナイフといった凶器は持っていないが、隠しているだけかもしれない。たとえ凶器がないとしても、争って勝てるとは思わなかった。貴也は身長百六十五センチのマッチョとは無縁の細身で、殴り合いの喧嘩もしたことがない。

全身に沁み渡った恐怖でガタガタ震えながらも、なんとか男から遠ざかろうと尻でずり下がる貴也に、男が静かに話しかけた。

「ルイージの孫のタカヤだな？　ルイージを殺したやつらが、じきにここに来る。殺されたくなかったら、俺と一緒に逃げるんだ」

「ひっ……！」

男の手が伸びてきて、貴也は引きつった声をあげた。パニックに陥っていて、男の言葉は聞こえたが、意味まで理解できなかった。

「タカヤ、落ち着いて聞くんだ。俺は敵ではない。お前に危害は加えない。ここにいたらお前は殺されてしまう。死にたくはないだろう？」

辛抱強く語りかけてくる男の声は穏やかと言ってもいいくらいで、怯えきっていた貴也は次第に落ち着きを取り戻し始めた。

真っ直ぐに伸びてきた手は、手のひらを上にして差しだされたままだ。胸倉を摑んで殴るためではなく、立つのを助けようとしてくれているらしい。

「俺はお前を助けに来たんだ。絶対に傷つけたりしない」

男はさらに言ったが、その手を取ることはできなかった。不法侵入してきた男の言葉を鵜呑《うの》みにはできないからだ。

貴也は恐怖と不審の混じった表情で、改めて男を見た。

男は背が高かった。百八十センチは超えているだろう。均整のとれた身体はしなやかで、気高い野性の動物を連想させる。

暗い色の金髪で、瞳はグレイ。俳優のようにハンサムな顔立ちをしているが、ぞっとするほど無表情だった。

首元まである黒いシャツに、黒いジャケット、黒いズボンと全身が黒づくめである。貴也が取るまで引っこめるつもりはないのか、差し伸べられたままの手も黒い革手袋で覆われていた。

正義のヒーローだと信じるには怪しすぎる。

とりあえず、自分が殺されるとはどういうことなのか、訊ねようとしたとき、男が動いた。

貴也は男に腕を摑まれ、声を発しないように口元を手で覆われて、電気のついていない暗いキッチンに引っ張っていかれた。

突然のことで、抵抗する間もない。

男が入ってきたときに開けたままだったのだろう、裏口のドアから外に出されたとき、表の道を車が一台、けっこうなスピードで走ってきて急停止した。音から察するに、この家の前で停まったようだ。

続いてドアがいくつか開き、数人がバタバタと車から降りてくる音がする。

一瞬、黒づくめの男を振りきり、その人たちに助けを求めるべきではないかという考えが頭をよぎったが、殺されるぞと言った男の言葉と、自分を正しくルイージの孫だと認識していたことを思い出して、男が促すまま気配を殺し、家から少し離れた裏の茂みに身を潜めた。

状況を把握しようにも、表の玄関の様子は見えないから、耳を澄ませて探るしかない。玄関ドアは施錠してあるので、鍵を持っていない者は入ってこられないはずだ。

庭からポーチに駆け寄る足音が聞こえたあとで、パン、パンとなにかが弾ける音がした。

貴也は無意識に息を止め、身体を硬くした。銃声ではないかと即座に思ったが、信じたくなかった。

しかし、来訪者たちが家に押し入ってきたのは間違いなかった。貴也が座っていたリビングには明かりがついたままだったから、室内を数人の男がうろついているのが窓に映っている。

インターフォンを押しもせず、鍵のかかったドアを銃で壊して開け、アルジェント家へ不法侵入してきた男たちは強盗などではなく、明らかに人を捜していた。

――貴也を。

固唾《かたず》を呑んで見つめていると、やがて暗かったキッチンに明かりがつき、一人の男が裏口から飛びだしてきた。家の明かりが逆光となって、男の顔はよく見えない。

「どこにもいねぇ！　勘づいて逃げだしやがったか。だが、車は持ってねぇはずだ。歩きじゃ遠くまでは行けねぇだろう。捜して、捕まえろ」

苛立《いらだ》ちを含んだだみ声が夜の闇を震わせ、貴也をも震え上がらせた。

さらに二人、男が裏口から出てきて、周囲を見渡している。

「本当に逃げたのか？　日本から来たばっかりのガキに、なんで俺たちのことがわかったんだ。やっぱり、じいさんが死に際になにかしゃべったのか」

「そんなこと知るかよ。部屋に明かりもついていたし、財布の入った荷物もあるから、ここにいたのは間違いねぇ。出かけたにしろ、逃げたにしろ、早いとこ見つけてボスんとこに連れてかねぇと、俺らがヤバい」

男たちはそんなことを言いながら、夜の暗がりのなか、貴也の痕跡を探り始めた。

闇と木の茂みで隠されているが、すぐそこにいるのだから、見つかるのは時間の問題である。

心臓が激しく脈打ち、胸を突き破って飛びだしそうだった。

どうすればいいのかと焦《あせ》る貴也の腕を、隣にいた黒づくめの男が軽く引いた。できるだけ音を立てないように静かに動き、茂みのなかを通り抜ける。

足ががくがくして何度か躓《つまず》いて体勢を崩しかけるのを、貴也の腕を摑んだままの男が助けてくれた。

この男も正体不明だが、先ほどの男たちに比べれば、まだましだった。少なくとも、逃がしてくれようとしている。

男に連れられ、なんとか気づかれることなく家を離れた貴也は、裏の通りに停めてあった車に乗せられた。

声が響くことを恐れてか、男は無言でジャケット、黒い髪色の長めのウィッグ、眼鏡を差しだした。身ぶりでそれらを身につけるように示される。

否も応もない。貴也は暗い車内で自分が着ていたジャケットを脱ぐと、渡されたものに袖を通し、使ったことのないウィッグをもたもたと被って眼鏡をかけた。

男は貴也を検分し、ウィッグの歪《ゆが》みを直してから車を走らせた。

これで安全を確保できたとは思えなかった。祖父の家を襲撃してきた男たちは、血眼になって貴也を捜しているだろうし、ボスとやらが差し向けたのが彼らだけとはかぎらない。

擦れ違う車がすべて怪しく見え、不安で貴也がビクビクと窓の外を気にしていると、男がおもむろに口を開いた。

「前を向いてリラックスするんだ。間近で覗《のぞ》きこまれないかぎり、お前だとはわからない」

貴也は運転席を横目で見た。

能面のように無表情なこの男は、貴也が知らないことを知っている。

「……あの男たちは、なんですか？　あなたは？　祖父は誰に殺されたんですか？　ボスっていうのは誰？　どうして俺が」

「あとで話してやる。今は黙っていろ」

話し始めたら止まらなくなってしまった貴也を、氷のような声が遮《さえぎ》った。

黙れという命令を無視し、追い縋《すが》って問い詰めることを許してくれる相手かどうかという見極めくらいはつく。

会話することは諦《あきら》めたが、そわそわしてしまうのは止められない。落ち着こうと努力しながら、名前すら知らないこの男が自分の味方でありますようにと、貴也は心から祈った。

二時間ほど走り、車が停まったのは、郊外の古びた一軒家の前だった。

叫んだら誰かが飛んできてくれる距離に隣家はない。家を取り囲む形で植えられている樹木が、まるで自然の防壁のように見えた。

男はガレージに車を入れ、周囲に誰もいないのを確かめてから、貴也に車を降りるよう言った。言うとおりにすることに恐怖はあったが、男に従う以外、貴也にできることもなかった。

男の後ろをついて歩き、玄関に足を踏み入れると、外観を裏切らない、年代を経た内装が出迎えてくれた。

いくつか部屋があり、テーブルやクロゼット、ベッドなどの家具は置いてあるものの、生活臭は感じられない。キッチンも例外ではなく、冷蔵庫や電子レンジといった家電製品も、日常的に使われているような形跡はなかった。

そこで座って待っていろ、と言わんばかりに、男は無言でダイニングルームの椅子を指差し、貴也が腰かけたかどうか確かめもせず、窓や出入り口などを見てまわった。

点検でもしているかのように見えるが、実際になにをしているのかはわからない。きびきびとした動きは、男がそういう作業に慣れていることを教えてくれる。

警察官か軍人だったらいいのに、と貴也は思ったけれど、そのどれもがありえないとわかってもいた。

自分の身分を証明できる組織に所属している人間が、泥棒よろしく裏口から黙って入ってくるわけがない。

貴也は手近な椅子を引き、眼鏡を外してぐったりと座りこんだ。祖父の死と、自分が狙われているという精神的なショックや恐怖も相俟《あいま》って、人生で一番疲れているような気がした。

やがて、気がすんだのか、もしくはやるべきことが終わったのか、男がダイニングに戻ってきた。椅子は余っているのに腰かけず、壁にもたれて立っている。

距離は置かれていたが、話しかけてもよさそうな空気を感じ、貴也は背筋を伸ばすと、腹に力を入れて声を出した。

「教えてください。いったいなにが起こっているのか。祖父のことも、俺のことも。あなたは何者なんですか？」

「お前が狙われることになったいきさつは、俺も詳しくは知らない。だが、事態は複雑で、お前一人の手には負えなくなっている。だから、俺が来た。俺のことはヴィンセントと呼べ」

呼べ、と言われても、それが本名なのかあだ名なのか、姓か名かもわからず、何者かという問いの答えにもなっていない。

困惑に眉を寄せた貴也にかまうことなく、ヴィンセントは先を続けた。

「さっき襲撃してきたやつらは、マルコーニファミリーの手下どもだ。ルイージを殺したのはやつらに違いない。殺害を指示し、お前を捕らえてこいと命じているのは、ボスのエミリオ・デナーロだろう」

「マ、マルコーニファミリー?」

「マフィアだ。このあたりの犯罪組織のなかじゃ、一番力を持ってる」

目眩《めまい》がして、貴也はテーブルに肘をついてうなだれた。マフィアだなんて、考えうるかぎり、敵として最悪の組織ではないか。

「どうして、祖父はそのデナーロってやつに殺されなきゃならなかったんですか」

「そこまではわからない」

魔法のように現れ、マフィアの手から貴也を救出してくれたヴィンセントにも、把握しきれていない事柄があるらしい。

祖父の死の理由を探そうと考えこんだ貴也は、はっとなって顔を上げた。

「そうだ! 祖父は昔、FBI捜査官をしていたことがあるんです。そのときに、なにか恨みを買ってしまったんじゃ」

「いや、その可能性は低い。ルイージが現役だったのは二十年も前の話だ。遺恨があって、報復されたにしては、時間が経ちすぎている。マフィアは執拗だが、悠長ではない。トラブルがあったとすれば、昔の遺恨ではなく、ここ最近のことだろう。それに、デナーロはお前を殺さずに捕まえてこいと手下どもに命じている。問題はルイージのみにとどまっていない。ルイージとのことで、なにか思い当たることはないか?」

貴也は宙に視線を浮かせ、しばらく考えたのち、首を横に振った。必死に記憶を探ってみても、なにひとつ思い浮かばないのだ。

「……わかりません。俺は日本に住んでるんです。もう二年ほど祖父とは会ってないし、祖父から最後の電話があったのは、一ヶ月以上前のことです。内容だって、お互いが元気にしているか確認し合っただけで、祖父自身もなにも変わりないと言ってました。病院で会った警察の人にも訊かれたけど、祖父が殺されなきゃならないような心当たりも、俺がマフィアに狙われる心当たりもありません」

「デナーロはそう思っていないということだ。事故後のルイージとなにか話したか？」

「いいえ。俺が駆けつけたときにはもう、祖父は意識がなかったんです。話すことはおろか、目を開くことさえなかった……」

祖父のすべての臓器が止まってしまった瞬間を、貴也は鮮明に思い出した。

息を吸い、ふうと吐きだして、そのまま。ドラマなどでよくあるように、かくんと首が傾くこともなかった。

計器の表示が0になり、一直線に伸びたグラフはもう二度と山を描《えが》かない。

ずっと握り、擦り続けていた祖父の手は、心臓が止まってもまだ温かかった。その温もりが死を疑わせ、腕を揺すり、おじいちゃん、おじいちゃんと何度も声をかけたが、奇跡は起こらなかった。

孫と最後の言葉を交わす時間すら与えられず、祖父は死んだ。いや、殺されたのだ。

そして、貴也もまた、狙われている。理由もわからないままに。ヴィンセントがやってきて、強引に連れだしてくれなかったら、貴也は今ごろどうなっていたのだろう。

「も、もし……、デナーロに捕まったら、俺はどう……」

ぞっとして口ごもった貴也の言いたいことを、ヴィンセントは正確に理解してくれたようだ。

「怖がらせるつもりはないが、無事ではすまないだろう。なぜかは知らんが、デナーロはやつが望むものをお前が持っていると考えているようだ。知らないという答えは通用しないし、白状させるための方法なら、やつらは何通りも持っている。運がよければ早く死ねるが、運が悪ければ長く苦しむだろうな」

「そんな……！　俺は本当になにも知らないんですよ！　頭に銃を突きつけられて殺すと脅《おど》されても、知らないものは答えようがないでしょう」

ヴィンセントに言っても仕方がないのに、貴也は思わず叫んでいた。

「マフィアとはそういうものだ。理不尽さに憤《いきどお》ったところで、どうにもならん。だが、お前をデナーロに渡しはしない。俺が守ってやる」

「あなたが俺を？　どうして？」

貴也は怪訝《けげん》な顔で首を傾げた。

安心するよりも、困惑が強かった。守るなんて台詞《せりふ》は、正義感に燃えるヒーローが拳を握って熱く語るものだ。

背中が接着剤でくっついているかのように壁から離れず、マフィアに狙われ、捕まれば拷問されるであろう現状を天気予報のごとく淡々と告げたのと同じ調子で言われても、にわかには信じられない。

もしかしたら、彼の仕事はボディガードかなにかで、守ってくれる代わりに金銭を要求されるのかもしれないと不意に思い至り、貴也は眉をひそめた。

母の保険金を切り崩して学費や生活費をまかなっている貴也に、余裕のある金はない。もちろん、デナーロに殺されてしまえば、金などいくらあっても使えなくなるのだが。

ころころ表情を変えている貴也の考えがわかったのか、ヴィンセントは軽く首を振った。

「昔、ルイージに世話になったことがある。だからこれは、恩返しのようなものだ。見通しのいい道路でルイージが轢き逃げ事故に遭ったと知った俺は、独自に調査し、ようやく仕掛けたのがデナーロだったことを突き止めた。狙われていることを事前に知っていれば、ルイージも助けてやれたかもしれない。ルイージは間に合わなかったが、ルイージが大事にしていたお前だけでも守ってやりたい。お前が狙われる理由も探ってみるつもりだ。ルイージの件と繋がっているのは疑いようがないからな」

それを聞いても、心強いなどとは貴也には思えなかった。

事故を起こした犯人が誰か、警察でさえ掴んでいなかった事実を、短期間で調べ上げたヴィンセントの情報網は、健全なものなのだろうか。

それに、ヴィンセントはさも当然のように言っているが、祖父に恩義を感じているだけで、マフィアに狙われている貴也を守ろうとするなんて、無謀すぎる。ヴィンセントが負うリスクが高すぎるし、守るつもりがあっても実際に守りきれるとはかぎらない。

もし、守れるという自信があるなら、根拠を知りたかった。

「あの、ミスター・ヴィンセント」

「ミスターはいらない」

「じゃあ、ヴィンセント。俺を守ってくれるのはありがたいですけど、あなたにも危険が及ぶんじゃないですか。相手はマフィアのボスなんでしょう。マフィアへの対処方法とか対抗する技術とか、そういうものをあなたは持っているんですか」

「持っている。でなければ、守れない」

ヴィンセントの返答に躊躇《ちゅうちょ》はなかったが、貴也が知りたがっている部分には、いっさい触れていない。きっと、言いたくないのだろう。

数秒沈黙し、避けては通れないポイントであることを自分のなかで確認する。貴也はヴィンセントを見つめ、さっきよりも具体的に訊いた。

「あなたはなにをしている人ですか。どうやって、警察よりも先に祖父を殺した犯人を突き止められたんです？」

「調べる手段はいくらでもある。捜査に関して、世界一優秀な組織が警察、あるいはＦＢＩだと思っているなら、考えを改めるべきだな。だが、俺がどんな仕事で食ってるかは、聞かないほうがいいだろう」

「……知りたいです。俺を守ってくれるというあなたのことを、俺はなにも知らないんです。せめて祖父とどういう関係だったのか、教えてください」

ヴィンセントはため息をつき、顔を横に向けた。

「深い関係などない。恩返しは俺が一方的にそう考えているだけで、ルイージは俺の名前も知らないだろう。俺は善良な一般市民が、それも若いころはＦＢＩに所属していた男が友人になりたいと願う人間ではない」

「もしかして、あなたもマフィアなんじゃ……」

「違う。どちらがましかはわからないが」

「……」

無言でじっと見つめ続ける貴也に根負けしたように、それでもなお、いくらかためらいを見せつつ、ヴィンセントはぽつりと言った。

「——俺は殺し屋だ」

貴也は息を呑んで、固まった。

日本であれば、冗談だと思ったかもしれない。しかし、ここはアメリカで、マフィアによって祖父が殺されたとわかった今は冗談など言うときではなく、ヴィンセントも冗談を口にするタイプの男には見えない。

困惑する貴也の前で、ヴィンセントの手が動き、どこからか黒っぽいものを取りだした。客に商品を見せるように、握らず手のひらに置いて貴也に向ける。

銃だ。祖父も所持していたし、アメリカでは珍しがるほどのものではない。

それでも、銃とは人の命を奪う兵器だった。現実味に乏しかった殺し屋という職業が、じわじわと貴也の脳裏に沁みこんでくる。

依頼され、相応《ふさわ》しい代金をもらい、人の命を奪う。憎しみも恨みもなく、自分とはなんの関係もない人を殺す。それがヴィンセントの仕事なのだ。

彼はこれまでに何人、殺してきたのだろう。自分に銃口を向けられたわけでもないのに、貴也の呼吸は次第に速くなり、身体が震えて、脂汗が滲んできた。

ヴィンセントは冷たい頬に苦い笑みを浮かべ、銃をしまった。

「だから、聞かないほうがいいと言った。気持ちはわかるが、お前が怯えなければならないのは俺に対してではない。正々堂々殺し屋と名乗っていなくても、殺人を犯す者はいる。ルイージを殺したやつらのように。俺はお前を助けてやっただろう?」

両手で自分を抱き締め、震えを押さえながら、貴也は必死で言われたことを考えた。

殺し屋なんて、簡単に許容できる職業ではない。パン職人がパンを焼くように、ピアニストがピアノを弾くように、この男は人を殺す。

だが、のべつまくなし、無差別に誰でも殺しまくる殺人鬼ではないはずだ。恐ろしくてたまらないけれど、ヴィンセントは貴也を狙っているわけではない。実際に殺されたのは祖父だった。

祖父に恩義を感じているらしい殺し屋が、マフィアの魔の手から貴也の命を助けてくれようとしている。

なにがなんだか、わからない。ヴィンセントを信じていいのか、判断できない。

かといって、貴也一人で対処できる問題でないのはたしかだ。マフィアが相手と聞いただけで、絶望感が襲ってくる。

混乱と不安で、貴也の目から大粒の涙がぽろぽろと零《こぼ》れた。泣きたくて泣いているわけでもないのに、指で拭っても拭っても涙は止まらない。

黙って見ていたヴィンセントは、驚いたことにもたれていた壁から背を離し、一歩ぶん近づいた。貴也がなにも言わないでいると、さらにもう一歩進んでくる。

近寄るなと貴也が言えば、あるいは、近づかれることに怯えを見せれば、彼はそこから一ミリだって動きはしないだろう。そんな気がした。

時間をかけて慎重に接近を試《こころ》みられ、ついにヴィンセントが目の前に立ったときには、自分が気が立って手に負えなくなっている凶暴な野生動物にでもなった気分だった。

ヴィンセントは歩みと同じように、ゆっくりとした動作で腕を伸ばし、貴也の頭に手のひらをそっとあてがった。抵抗がないことを確かめてから、手のひらに力をこめる。

「……！」

胸元に引き寄せられた貴也は、さすがにビクッとなったが、振り払って逃げる元気もなく、じっとしていた。

これは、慰めてくれようとしているのかもしれない。感情の起伏が窺えない殺し屋の行動が意外で、貴也は戸惑った。

涙で濡れ、火照《ほて》った頰に当たるヴィンセントのジャケットは冷たい。だが、貴也の体温が移ると温かくなってくる。

抱き寄せられた衝撃で、涙は止まっていた。

身動《みじろ》ぎもせず、静かに息を殺していると、頬を押し当てている胸元から、とくんとくんと心臓が脈打つ音が聞こえてきた。

生きている証拠だ。

物心ついてから、他人の鼓動をこんなふうに感じたことはなかった。規則正しいリズムが、心を落ち着かせてくれる。

生というかけがえのないものを実感し、貴也は強張《こわば》らせていた力を抜いて、ヴィンセントに身を委《ゆだ》ねた。頬だけではなく、服越しにヴィンセントの体温がじんわりと伝わってくる。温かい人の身体だった。

ベッドで多くのチューブに繋がれていた祖父の手も最初は温かかったが、病院を出るころには冷たくなっていた。擦っても擦っても、温もりは戻らなかった。

止まっていた涙が、また溢れてくる。

「……どうして、おじいちゃんが殺されなきゃいけないんだ。優しいおじいちゃんだったのに、マフィアってなんなんだ。なんで、そんなに簡単に人が殺せるんだ……」

貴也はしゃくり上げながら呟《つぶや》いた。

ヴィンセントの返事はなかったが、革手袋に包まれたままの彼の手が、貴也の頭を労わるように撫でた。感覚が遠いのは、ウィッグを被っているからだということに気づくのに、少し時間がかかった。

ウィッグの下に押しこめられているのは、栗色のふわふわした髪である。

祖父譲りのくせ毛を、母は天使の巻き毛と呼んで愛してくれたが、雨や湿気の多い日にはくるくるするので、貴也は自分の髪が好きではなかった。

日本人に巻き毛はほとんどいないから、子どものころはもちろん、大学生になった今に至っても、誰かしらにからかわれ、鬱陶《うっとう》しい思いをさせられている。

嫌いだったそのくせ毛が、今は無性に愛しく感じられた。これは祖父が残してくれたものだ。

焦げ茶色のくりっとした瞳と、薄いピンク色の唇は母からの贈り物。

父親は一重瞼で切れ長の涼しげな目元をした、いかにも日本男児といった男らしい顔立ちをしており、子どものころは父親に似ていればよかったのにと幾度となく思ったものだが、今は自分を形作るアルジェント家の遺伝を慈《いつく》しみたい。

貴也が落ち着きを取り戻したことがわかったのか、ヴィンセントが低い声で言った。

「俺といれば安全だ。だが、しばらくは隠れたり、逃げたりの生活が続く。今は休め」

貴也は身体を預けたまま、ぼんやりと頷《うなず》いた。

頭を撫でてくれる手と、頬から伝わる鼓動のリズムが心地よくて、眠気を誘う。疲弊していた貴也は、いつしか意識を手放していた。

2

貴也は追ってくるものから逃げていた。

息苦しくて、もう駄目だと思った瞬間、温かいものに包まれ、ほっと身体の力を抜く。

夢を見ているような気がしたが、感じる温もりはやけにリアルで、夢がうつつかの判別がつかない。よくわからないまま、その温かいものに頭を撫でられ、背中を擦られて、うっとりとため息をついた。擦り寄ってしがみつけば、抱き締められた。

大きなものにすっぽりと包みこまれると、安心できた。とにかく気持ちがよくて、飼い主に甘える犬のように顔を擦りつけ、脚を絡ませ、くんと鼻を鳴らして匂いを嗅ぐ。

甘さのなかに少しスパイシーさが漂う、いい匂いがした。何度も深く息を吸いこみ、雲の上を歩いてでもいるようなふわふわした空間に意識をさまよわせる。

学校もアルバイトもない休日の朝、自堕落に寝坊をしているときと、どこか感じが似ていた。毎日、こんなふうにしていたい、この穏やかな時間がずっと続けばいいのにと思い、次の瞬間、疑問が湧いた。

今日は日曜だっただろうか。携帯電話の目覚ましは鳴ったのか。

にわかに焦りが出て、足を動かした先に地面はなかった。すとんと落ちていく。

「……ぁっ！」

止まるところを知らない浮遊感に吐きそうになりながら、貴也は必死になって両手をバタつかせ——目を覚ました。

振りまわした手がなにかに当たり、目を瞬かせて周囲を見る。ずきりと疼《うず》く頭の下には枕、手が摑んでいるのはシーツだ。

見覚えのないものばかりで一瞬混乱したものの、貴也は自分が置かれている状況をすぐに思い出した。

昨日は怒濤のような一日で、ダイニングルームでヴィンセントに抱き寄せられ、頭を撫でられたところまでしか記憶はない。おそらく眠ってしまった貴也を、ヴィンセントがここまで運んで休ませてくれたのだろう。

小さな部屋には、貴也が寝ているベッドがひとつと、壁際にクロゼットがあるだけだ。よくよく見まわすと、窓はひとつもなく、薄明るいのは小さな電球が灯されているからだった。

ヴィンセントの姿は見えない。

のそりと身体を起こした貴也は、ウィッグをつけたまま寝ていたことに気がついた。外してはいけないものなのか、迷ったものの、装着感が不快なのと肩が凝って仕方ないので、思いきって取ってしまう。

軽くなった頭で貴也はベッドを抜けだし、部屋のドアを開けた。

廊下の先には、ヴィンセントと話をしたダイニングルームがある。その手前の部屋から、明かりが漏れていた。

ドアがきちんと閉まっていないのだ。貴也は足音を忍ばせてその部屋に近づき、十センチほどの隙間からなかを覗いた。

そこにはもちろん、ヴィンセントがいた。

簡素なテーブルと椅子があり、ヴィンセントはラップトップパソコンを開いて、なにか作業をしている。マルコーニファミリーの動向や、貴也が狙われる理由を探ってくれているのかもしれない。

画面を見つめている横顔は、完璧な彫像のように精悍《せいかん》だった。

声をかけても邪魔をするだけだろうし、なにを言えばいいのかもわからない。貴也は踵《きびす》を返すと、寝かされていた部屋に戻ってベッドに仰向けに転がった。

自分の呼吸音しか聞こえない静寂のなかで思い出すのは、家族のことだ。母と祖父、大好きな人がどんどん先にいなくなる。母は病気だったが、祖父はマフィアに殺されたという。

悲しさと虚《むな》しさの海でひとしきり溺れたあとで、憤りが貴也の胸を満たした。祖父の命を奪った男たちを捕まえ、警察に突きだしてやりたい。

マフィアなんて、貴也個人が立ち向かったところで、敵う相手でないのはわかっている。

それでも、許せなかった。恐怖ももちろんあるが、愛する肉親を殺された怒りの持っていき場がない。

「……っ」

奥歯を嚙んだキリッという音が、思いのほか大きく響いて、貴也は慌《あわ》てて力を抜いた。

今後のことを考えると、不安だった。

ヴィンセントが殺し屋であるということを、貴也はほとんど疑っていない。祖父からＦＢＩ時代の経験談を聞いていたためか、殺し屋を空想上の産物ではなく、現実的に捉える下地ができているからだ。

殺し屋とはなんとなく、人情など欠片《かけら》もない冷酷非道な人間、あるいは、殺人を楽しいと感じられる人格異常者で、一目でわかるほど一般人離れしているものだと思っていが、ヴィンセントは貴也のイメージする殺し屋とは違っていた。

冷たい雰囲気に包まれているものの、粗野な態度は見られず、凶悪さを感じることもない。口調は穏やかで、途方に暮れる貴也を抱いて慰めるという、思いやりすら見せてくれた。

職業が殺し屋でなかったら、そして、あの無表情の仮面に笑顔がプラスされたら――あまり想像はできないが――ものすごく魅力的な男だと言えるかもしれない。

「……なに言ってんだ、俺」

貴也は自嘲し、頭までシーツを被って丸くなった。

殺し屋を魅力的と判じる思考力は危険だ。祖父の死と自分が狙われていることで、少しおかしくなっているらしい。

祖父に昔世話になり、そのことに恩義を感じていると、ヴィンセントは言っていた。

ＦＢＩ捜査員だったことを誇りに思い、犯罪を憎んでいた祖父と殺し屋がどのように知り合ったのか。ヴィンセントの外見は三十代半ばくらいに見えるが、昔とはいつのことだろう。

疑問は尽きず、眠気はますます遠ざかり、貴也は左腕に巻いてある時計で時間を確認した。

中学の入学祝いに、母がプレゼントしてくれたものだ。着替えも携帯電話も祖父の家に置いてきたままで、取り戻せるかどうかわからない今、これだけでも身につけていてよかったと思う。

母の魂が貴也に寄り添ってくれていると信じ、そっと口づける。

心細さを実感しながら、貴也は起きることにした。逃亡生活に決まった起床時間があるとは思えないし、ヴィンセントが起こしにくるまで寝ていられるほど図太くもなかった。潜伏するのか、逃亡するのか、これからの予定も気になる。

貴也は軽く伸びをして、昨日からの緊張で強張った身体を解すと、部屋を出た。こそこそするつもりはないのだが、あまりにも静かなので、つい抜き足差し足になってしまう。

たどり着いたダイニングの手前の部屋のドアは、やはり十センチほど開いていた。

夜中と同様、隙間から覗いてみると、ヴィンセントと目が合った。

「……っ」

貴也は咄嗟《とっさ》に息を呑んで、後ろに仰け反った。

部屋にいるだろうとは思っていたが、忍び足の貴也に気づいて、こちらを向いているとは思わなかったのだ。

ヴィンセントは腰を上げ、ゆっくり歩み寄ってくると、ドアを大きく開けた。

「もう起きたのか。昨夜は眠れなかっただろう。もっと寝ていてもかまわないぞ。ここはまだ安全だし、俺もついてる」

「あ、ありがとう……ございます。でも、眠くはないんです。いろいろ気になって、寝ていられないっていうか」

「だろうな。コーヒーでも淹《い》れよう」

あたふたと話す貴也に理解を示したヴィンセントは、ドアと貴也の間をすり抜け、ダイニングルームの奥のキッチンへと歩いていく。

雛が親鳥を追うように、すぐに後ろをついていこうとしたものの、ふと気になって、ヴィンセントが一夜を過ごしたのだろう部屋のなかを、貴也はじっくりと覗きこんだ。

テーブルと椅子はそのままで、パソコンが姿を消していた。

昨日は見えなかったが、部屋の奥にはベッドがある。シーツが少し乱れているから、パソコンを睨《にら》んで徹夜したわけではなさそうだ。

ベッドの足元のほうに、大きな黒いボストンバッグが置かれていた。さして特徴のあるバッグでもないのに、殺し屋の持ち物だと思うと、どこか不穏な感じがする。

パソコンをはじめとする情報収集の機器、あるいは武器、もしくは着替えなどが入っているのだろうか。

自分が替えの下着一枚持っていないことを思い出した貴也は、暗澹《あんたん》とした気分になった。新しく買おうにも、現金もカードもない。一番大事なパスポートも置いてきてしまった。

相手はマフィアだ。貴重品など、すべて奪われたに決まっている。パスポートを紛失した際の対処方法を思いだそうとしたが、混乱した貴也の頭にはなにも浮かんでこなかった。

廊下に立ち尽くしていると、コーヒーのいい香りが漂《ただよ》ってきた。足取りも重くダイニングに向かい、手近な椅子に座る。

褐色の液体がなみなみと注がれたカップをふたつ持ってキッチンから出てきたヴィンセントが、ひとつを貴也の前に置いてくれた。

椅子は残り三脚もあるのに、彼は壁に背中をくっつけ、立ったままコーヒーを飲んでいる。昨日、話をしていたときもこうして立っていた。

ヴィンセントに連れてこられた家なのに、座ったらどうですかと勧められるわけもなく、もしかしたら殺し屋業界では、いついかなるときも椅子に座って寛《くつろ》ぐことなかれ、つねに身構えて周囲を警戒せよ、とかいう鉄の掟《おきて》があるのかもしれないと、らちもないことを考えた。

「ありがとうございます」

貴也は礼を言い、両手でカップを持って香ばしい匂いを胸いっぱいに吸いこんだ。ふうっと息を吹きつけて冷ましてから、一口啜《すす》る。

うまかった。匂いと味、熱さに刺激され、肉体が急速に空腹を訴え始めて貴也はうろたえた。

昨日は飛行機で機内食を食べたきりで、ほぼ丸一日なにも口にしていない。空港からは一目散に病院に直行し、祖父の死を看取《みと》って失意のまま帰宅して今に至っているから、食欲が湧く暇もなかったのだ。

食欲を忘れていられる限界だったのか、ヴィンセントという殺し屋の守護を得られた安心感が、身体機能を通常のサイクルに戻そうとしたのか、それはわからない。

どちらにしろ、我が身に危険が差し迫った状況で、呑気《のんき》に腹を空かせていることをヴィンセントには知られたくなかった。危機感に乏《とぼ》しい鈍感な人間のようで、恥ずかしい。

空腹から意識を逸《そ》らすには、べつのことをするべきだ。たとえば、ヴィンセントとこれからの予定を話し合うとか。

コーヒーを半分ほど飲んだところで貴也は意を決し、壁にへばりついているヴィンセントを見上げた。

「あの、考えてたことがあるんですけど、聞いてもらえますか？」

「ああ」

「祖父と俺が巻きこまれている、今回の事件を」

ぐうぅ。

話の途中で、信じられないほど大きな音が腹部から鳴り響き、貴也は真っ赤になって口を噤《つぐ》んだ。沈黙が舞い降りたなかで、二匹目の虫が多少遠慮をみせて、きゅうとか細く鳴いた。

貴也は残っていたコーヒーを一気に飲み干した。しかし、質も量も、腹の虫たちを満足させるにはほど遠い。

これ以上虫たちを騒がせないよう、腹を手で押さえ、腹筋にも力を入れながらいたたまれない思いで俯《うつむ》いていると、なぜかヴィンセントが謝った。

「すまない。昨日はろくに食べられなかったんだろう。気づくべきだった」

「い、いえ。俺のほうこそ、すみません。こんなときなのに……」

「謝る必要はない。腹が減らないのは死んだ人間だけだ。こんなときだからこそ、食欲はないよりもあったほうがいい。空腹は体力、気力、思考力を失わせるからな。たいしたものはないが、朝食にしよう」

ヴィンセントはカップを持ったまま、キッチンへ移動した。殺し屋というより、牧師か教師のような口ぶりである。

「俺も手伝います」

座って待っているのも気詰まりで、貴也はそう言って腰を上げた。

驚いたことに、キッチンは昨夜見たときよりも賑《にぎ》やかになっていた。調理台の上にはコーヒー豆の入った袋が出ていて、シリアルの箱や缶詰も並べてある。

「ミルクを出してくれ」

そう言われて、開けた冷蔵庫のなかには、真空パックされたミルクのほかにスポーツドリンクが入っていた。

野菜や卵といった新鮮な食材は見当たらない。夜中に買ってきたのではなく、どこかに収納してあったものをヴィンセントが出してきたのだろう。

「あいにく、日持ちのする非常食しかない。食べたいものがあれば、あとで調達してくるから、今はあるもので我慢してくれ」

「もちろんです」

一も二もなく、貴也は頷いた。

二人はシリアルにミルクをかけたものと、缶詰の桃を半分ずつ食べ、食後にもう一杯コーヒーを飲んだ。調理しなくても食べられるスパムやビーンズの缶詰などもあって、勧めてくれるヴィンセントに悪いと思ったが、重いものや味の濃いものは食べられそうになくて断った。

「しばらくはここを動かないつもりだ。食糧も含めて、必要なもののリストを作ってくれ。俺が買ってくる」

「そのことなんですけど」

貴也はおずおずと切りだした。

食事のときはテーブルを挟んだ斜め向かいの席に座っていたヴィンセントは、二杯目のコーヒーが入った時点で、壁の定位置に戻っている。

なぜ椅子に座らないのだろうかと疑問に思っていたが、キッチンでシリアルを入れる食器やスプーンを用意しているときに、理由がわかってしまった。

彼は偶然にでも貴也に触れることがないように、一定の距離を開けている。

つまり、貴也の近くにいたくないのだ。うっかり肘がぶつかったり、なにげなく伸ばした手がわずかに掠《かす》ったりすることも許せないらしい。

あからさまに避けられたのではなく、自然な動作に見せかけていたが、それに気づかないほど貴也は鈍感ではなかった。

べつに、触れ合いたいわけではないのに、少し傷ついた。まるで自分が伝染性ウイルスの保菌者であるような気さえしてくる。

昨日だって、抱き寄せて頭を撫でてはくれたけれど、じりじり時間をかけてにじり寄り、貴也が牙を剝いて嚙みついてくるのを恐れているかのようだった。

たかだか百六十五センチの身長に、ふわふわした巻き毛、怒った顔をしても怒っているように見えないと言われる優しげな顔立ちをしている貴也の、なにを怖がっているのだろう。

理由など訊くに訊けず、接触への拒絶は貴也の胸にしこりを生み、もともと不安定な気持ちをさらに揺らがせた。

「こうして逃げたり隠れたりするより、警察かＦＢＩに駆けこんだほうが安全じゃないかと思ったんです。祖父の死が偶発的な轢き逃げではないことを、警察はすでに知っていました。捜査もしてくれているはずだし、犯人がマフィアだからって見逃したりはしないでしょう。それに、家のドアを銃で壊されたところを見せれば、俺も狙われてるってことをわかってくれるはず。理由はわからないけど、マルコーニファミリーのデナーロってボスが俺を連れ去ろうとしてるんですって訴えれば、デナーロを調べてくれるんじゃないでしょうか。マフィアのボスが警察からノーマークってこともないだろうし、虚言扱いはされないと思うんですけど」

一気にしゃべって、ちらっとヴィンセントを窺うと、眉間に皺を寄せて渋い顔になっている。ナイスアイデアだと思っていないのは明白だった。

「あの、俺を守ってくれるというあなたの言葉を信じていないわけじゃないんです。でも、警察を頼るほうが建設的な気がして」

なにかを言われる前に、貴也は慌てて取り繕《つくろ》った。

ヴィンセントの実力はよくわからないが、たとえ殺し屋として一流であっても、マフィアからの逃亡は専門ではないだろう。それに、彼はデナーロやその手下どもを逮捕し、罪状を明らかにして刑務所に収監することはできない。

このままでは、貴也はひたすらに逃亡と隠伏を繰り返し、デナーロが諦めるか、死ぬのを待つしかないのだ。それに、貴也が完全に安全になるまで、ヴィンセントが守ってくれる保証もない。彼には彼の仕事がある。

いつか足手まといとなり、途中で放りだされるくらいなら、初めから公的な機関を頼ったほうがいいに決まっている。

しかし、ヴィンセントは話にならないとでも言うように、首を横に振った。

「俺から離れれば、死が近づくだけだ。お前はマフィアに狙われて、逃げきることの難しさをわかっていない。ここを出て最寄《もよ》りの警察署に駆け込み、理由はわからないが祖父が殺され、自分も拉致《らち》されそうになったから今すぐ保護してくれと頼んで、してもらえると思うか？」

「……荒らされた家を見せても、無理ですか？」

「当たり前だ。強盗事件として捜査はしてくれるかもしれんが、どんなに親切な警察官でも、四六時中ひっついてお前を守ってくれはしない。家が荒らされただけで、危害を加えられたわけじゃないからな。現場検証の警察官が立ち去って一人になった途端、お前は見張っていたマルコーニのやつらに捕まり、デナーロのところへ連れていかれる。警察はお前を見つけられないし、見つけたとしても、そのときお前はもう生きていないだろう」

つまり、死体となって発見されるということだ。

貴也は両手で自分の身体を抱くようにして、首を竦《すく》めた。ヴィンセントの予想は夢も希望もなかったが、非常に現実的だった。

たしかに、警察はスーパーマンでもなければ、ヒーローでもない。過剰な期待は失望と、取り返しのつかない事態を招くに違いない。

確実に保護してもらうためには、最低でも狙われる理由と証拠をはっきり証明することが必要であろう。

反論できない貴也に追い討ちをかけるように、ヴィンセントはさらに言った。

「ルイージの事故は目撃者がいるから、運がよければ轢き逃げ犯は捕まるかもしれない。だが、やつらが口を割ることはない。故意ではなく、脇見運転でうっかりぶつかって、そのまま逃げたと言うのが関の山だ。ルイージの家に押し入った件も、単なる強盗事件で片がつく。警察ができるのはそこまでだ。末端の兵士が起こした事故や事件に関連づけて、デナーロを追いつめることはできない」

「じゃあやっぱり、俺は逃げ続けるしかないんですか」

「当分の間は覚悟したほうがいい。逃亡生活で一生を終えずにすむよう、俺がなんとかしてやるつもりだが」

絶望に打ちひしがれていた貴也は、ぱっと顔を上げた。

「なんとか、してくれるんですか？」

「もちろんだ。相手がでかいから、なんとかするには時間がかかるが、安全の確保ができないまま、放りだしたりしない」

それは、まさに貴也が望んでいることだった。だが、とてつもなく危険で、貴也のみならずヴィンセント自身の生命さえ危うくするだろう。

「……あ、……」

なんと言うべきか迷い、貴也は口ごもった。

本当にそうしてくれるなら、床に這いつくばって一日中でも感謝の言葉を捧げたいくらい、ありがたいことだった。

同時に、心苦しさも感じた。

貴也を守るために、ヴィンセントが犠牲にするものが大きすぎる。彼の仕事は休業になり、身の危険は増し、うまくいく保証はなく、うまくいったとしても、なんの報酬もない。

だからといって、心苦しいから俺のためにそこまでしてくれなくてもいいです、なんて上っ面を取り繕うお綺麗な台詞は、口が裂けても言えそうになかった。

貴也はマフィアが怖かった。銃でドアを壊し、どかどかと家に侵入してきた男たちを思い出すと、身体が震えるほどに。

警察に頼れない今、この困難な局面を一人で乗り越えるのは不可能だ。

願ってもないことだが、申し訳なくもあって、心中で葛藤している貴也の態度を、ヴィンセントは誤解したようだった。

「信じられないのか？　マルコーニファミリーのボスを相手に、俺一人では頼りないと？」

「ち、違います！　信じてないわけじゃなくて、あなたにも危険が及ぶかもしれないのに、考えなしに喜んで感謝したり、安堵してあなたに頼りきっていいものか考えてしまって」

貴也が弁解すると、ヴィンセントは少し口元を緩めた。

「お前を助けていなくても、俺にはつねに危険がつきまとっている。お前にとって、俺は恐ろしい殺し屋で、得体の知れない男だろうが、お前の味方だ。それだけは疑うな。世界のすべてが敵にまわっても、俺は決してお前を裏切らない」

またもや、貴也は言葉に詰まった。

家族とか親友とか、深い愛で結ばれた恋人しか口にしないような台詞を、昨日会ったばかりのヴィンセントが真面目《まじめ》な顔で言っている。

彼の決意は本物だ。熱っぽさはないけれど、視線や口調からそれが感じ取れた。彼は本気で、貴也を守ってくれようとしている。

「あ……、その、ありがとうございます」

どぎまぎしつつ、貴也はどうにか礼を言った。もっと気の利いた言葉を返したかったが、なにも浮かばない。

コーヒーを飲み干し、使った食器の後片づけは自分がやりますと申しでた。二人で取りかからねばならない量ではないし、そんなことくらいしか貴也にはできることがない。

片づけを終えると、ヴィンセントが紙とペンを持ってきて、ダイニングテーブルの上に置いた。

必要なものをこれに書けということだろう。

下着を含む着替えや歯ブラシ、歯磨き粉など最低限は必要だと思われるものを書きだしながら、定位置の壁にもたれて立っているヴィンセントに訊ねる。

「しばらくここを動かないって言ってましたけど、その間、俺はどんなふうにしてればいいんでしょう」

「家の外には出るな。窮屈でも退屈でも、できるだけ人に見られたくない。ここは俺の隠れ家のひとつだが、空き家のようなものだから、急に人が住んでいる気配がすれば、気にして様子を探りに来るやつがいるかもしれない。買い出しに行ってお前を匿《かくま》う用意が調《ととの》ったら、俺はマルコーニの動きを探りに行く。状況によるが、すぐには戻れないだろう」

「え……、何日も帰らないんですか？」

ヴィンセントがずっと一緒にいてくれるわけではないと知って、貴也は怯《ひる》んだ。

しかし、マルコーニの動向を探るのは、貴也のためなのだ。ヴィンセントと二人で隠れ家にこもっていても、なにも解決しない。

「どのくらいで帰れるかは、わからない。連絡は入れるようにする。一人でいるときに誰かが訪ねてきても、絶対に出るんじゃないぞ。どうしても出ないといけないときは、ウィッグを被って眼鏡をかけろ」

「ここも、マルコーニのやつらに見つかる可能性が？」

早くも不安に襲われている貴也に、ヴィンセントは辛抱強く言い聞かせた。

「可能性が高いか低いかと言ったら、低いだろう。だが、絶対に安全な場所などないんだ。俺が知っている話をしてやろう。ある逃亡者が、知り合いなんて一人もいない遠い土地に逃げたが、半年もしないうちに見つかった。そいつの知り合いが十数年ぶりに、その土地に住む親戚を訪ねてきたときに、道で偶然擦れ違ったせいだった。たとえ十年、いや二十年逃げ延びたとしても、安心はできない。どんなに注意しても、生きていれば人は必ず痕跡を残す。逃げていたことさえ忘れたころに、命を落とすはめになったやつらを俺は何人も見てきた」

「……用心するに越したことはないんですね」

貴也は神妙に頷いた。

ヴィンセントが言うと、真実味がありすぎて背筋がぞくりとした。偶然によって居場所が明らかになった標的や、逃げきったと安心して暮らしている標的の命を、彼は消したことがあるのかもしれない。

そして、狙いを定めたものは、定められたものが考えている以上に執拗なのだ。見つからないから諦めるという選択肢はないらしい。

買い出しリストはすぐに完成し、最低限の生活用品のみが連ねられたそれを見て、ヴィンセントは顔をしかめた。

「食材が書かれていない。ひっそり暮らせと言ったが、キッチンで料理を作るくらいはかまわない。それに、ここにはテレビやインターネットといった暇つぶしになるものもないからな。なにか、読みたい本とかはないのか」

「本、ですか」

「そうだ。ゲームでもかまわない」

貴也は困って、首を傾げた。

マフィアに見つかることを恐れ、隠れて暮らさなければならないときに、娯楽小説を読んだり、ゲームを楽しんだりする気持ちの余裕は持てそうにない。

突然亡くなった祖父の死さえ、受け止めきれていないのに。

「そ、祖父の遺体は、どうなるんでしょうか……」

不意に脳裏に浮かんだ疑問を、貴也は口走った。

病院で、検死にまわされるため、遺体の引き取りは数日後になると言われて、昨日は祖父の家に帰ってきた。警察と病院には貴也の携帯電話の番号を伝えてあるが、貴也はその電話に出ることができない。

「ルイージにはお前以外の家族はいない。お前と連絡がつかなければ、身元引受人のない遺体として、然るべき場所に埋葬されるだろう」

「俺を捜しに警察が祖父の家に来たら、なにかトラブルがあったんじゃないかと思って、捜査してくれたりはしませんか」

「どうだろうな。だが、さっきも言ったように、警察はお前のトラブルを解決してくれない。期待はするな」

「……」

貴也はしょんぼりと俯いた。

ヴィンセントに同じことを言わせてしまった。なんてものわかりの悪いやつだと思われているだろう。

だが、建設的な解決方法が見つからないことは、何度聞いても受け入れられそうになかった。

貴也の思考が本やゲームには向かいそうもないのを見て取って、ヴィンセントは微《かす》かに苦笑のようなものを浮かべた。

「とにかく、第一にすべきなのは買い出しだ。適当に見繕ってこよう。俺が帰るまで、おとなしく待っててくれ。あまり窓の近くに寄るな。数時間で戻る」

「……はい」

反射的に頷いたあとで、お願いします、と言ったほうがよかったかもしれないと思ったが、ヴィンセントはすでに部屋を出ていくところだった。

返事を言い直すためだけに後ろ姿に声をかけられるほど、親しくなってはいない。

戻ってきたら、礼を言おう。貴也はそう決め、言いつけどおり窓の近くには行かず、ヴィンセントが運転する車が隠れ家から遠ざかっていくのを、エンジンの音で確認した。

3

ヴィンセントが帰ってきたのは三時間後だった。

時計で確認したから間違いないが、貴也には二倍にも三倍にも長く感じられた。なにもすることがなく、最悪の想像ばかりして落ちこんでいるのだから、当たり前だろう。

疑心暗鬼になって、ヴィンセントがこのまま戻ってこなかったらどうしよう、とまで考え、苛立ったクマのように部屋のなかを歩きまわっていた。

見捨てられていなかったことに安堵し、玄関に駆けつけたいのを我慢してダイニングで出迎えた貴也は、両手に大荷物を抱えて入ってきたヴィンセントを見て驚いた。

出ていったときは昨夜から変わらない黒の上下だったのに、前開きの白いシャツにブルージーンズというどこにでもいる普通の男の格好になっている。

「なにか変わったことは？」

「……あなたの服が変わっています」

「途中で着替えたんだ。昼間に黒づくめの男がスーパーや衣料品店で買い物をするのは目立つからな。なにもなかったか？」

「は、はい。前の道を車が何台か通ったけど、誰も来ませんでした」

答えながら、貴也はつい、じろじろとヴィンセントを眺めてしまった。

黒づくめのとき、殺し屋という職業と服装はマッチしているように思えたが、今の格好で殺し屋と言われても連想できない。

彼は本当に、至って普通の男性に見える。いささか容姿端麗に過ぎるけれども。

「お前の服もいくつか見繕ってきた。昨日、病院から帰ってきて着替えたか？」

「いいえ」

「なら、着替えてくれ。今の服は処分する」

貴也は無言で頷いた。

多くを語らないヴィンセントだが、彼の言いたいことはよくわかった。マフィアから見て、現在失踪中の貴也の服装は、発見のための手がかりになる。

頭でそれを理解しても、自分が着ている服を、それも買ったばかりで気に入っている服を処分するのはなんともいえず寂しい。

伊波貴也という確固とした存在が、一枚一枚薄皮を剝ぐように薄れていく気がする。しかし、ゼロになるまで薄まらなければ、安全は手に入らないのかもしれない。

ヴィンセントが買ってきてくれた洋服は、下着も含めて大きな袋に三つ分もあった。小柄な貴也に合わせて、サイズも小さめのものばかりだ。

「あの、着替える前に、シャワーを浴びてもいいですか？」

「ああ。バスルームは廊下の突き当たりだ。急がなくていい。昨日からずっと緊張したままだろう。ゆっくり身体を解してこい」

ヴィンセントがかけてくれた言葉が優しくて、貴也はうっかり泣きそうになった。

バスルームでウィッグと伊達《だて》眼鏡を外し、破棄確定の服を脱いで、熱いシャワーを浴びた。髪と身体を洗い、ゆっくりしろというヴィンセントの言葉に甘え、日本式にバスタブに湯を溜めて肩まで浸《つ》かった。

祖父が事故に遭ったと日本で連絡を受けたのが、遠い日のことのようだ。無数のコードに繋がれて亡くなった祖父、貴也を捜して祖父の家に無断で入りこんできたマフィアたち、貴也を助けてくれた得体の知れない殺し屋。

頼れるのはヴィンセントだけだが、彼が信頼に足る人物かどうか、確かめるすべはない。

とりあえず、買い出しに行くと言って出ていき、約束どおり戻ってきてくれたことは信頼の第一歩であろう。

時差惚《ぼ》けと寝不足、数々のショックで頭が重かった。眠ってしまう前にのろのろとバスタブから出て、身体を拭く。新しい下着を穿こうとしたとき、値札がついているのに気がつき、貴也は現実世界に引き戻された。

逃亡生活は一文なしでは送れない。着替えも食糧も、ヴィンセントがいなければ手に入れられないとわかっていたのに、自己憐憫《れんびん》や感傷に浸り、礼を言うのを忘れていた。

信頼するとかしないとかの問題ではなく、貴也には礼節が欠けている。

貴也は服を着こむと、髪も乾かさずにダイニングルームに戻り、奥のキッチンに立っていたヴィンセントに駆け寄った。

「どうした？　ドライヤーが見つからなかったか？」

　無表情と声の抑揚のなさが、台詞と釣り合っていない。

　貴也のなかで、ヴィンセントのイメージが定まらない最大の要因だ。まるで、世話焼きの母親の行動をプログラミングされた、無機質なロボットのように思える。

「いいえ、そうじゃなくて。あなたにお礼を言っていなかったので。着替えとかいろいろ買ってきてくれてありがとうございます。もし……、俺が無事に生き残れたら、代金を払いますね」

「俺が守ってるんだから、お前は死なない。金の心配も必要ない。俺の名前が長者番付に載っていないのは、職業に問題があるからだ」

「そ、そうですか……」

　殺し屋って儲かるんですね、なんて気楽な相槌《あいづち》が打てるわけもなく、貴也は口ごもった。人間の命の対価なんて、考えたくない。

「仕事が仕事だから正規の税金も払っていないが、慈善団体にそれ以上の寄付はしてる」

「え……」

　貴也はびっくりしてヴィンセントを見つめた。

　人を殺すことで、番付に載るのと同等の報酬を得ている男が、支払えない税金の代わりに寄付をしているなんて本当だろうか。人の道から外れた仕事をしているのに、人の道に添う努力をしているようにも思える。

　ヴィンセントがなぜ殺し屋になったのか、貴也の心に疑問が湧いた。

普通の人生を送っていて、突然選択肢に現れる職業ではない。そして、なりたいと願って簡単になれるものでもない気がする。殺し屋の専門学校なんて、ないのだから。

いや、貴也が知らないだけで、この世のダークサイドには非合法な組織が存在しているのかもしれないが、そこに至るまでの道が平坦であるはずがなく、殺し屋になってからの道はさらに険しいものだろう。

どう反応すればいいのかわからず、固まっている貴也に、ヴィンセントが言った。

「信じようが信じまいがお前の勝手だが、先に髪を乾かしてこい。医者にはかかれないんだから、体調管理には気をつけろ」

口調は厳しいのに、やはり言っている内容は母親の小言のようだ。

「はい」

バスルームに引き返した貴也は、棚をあさってドライヤーを見つけた。濡れたまま放っておくと、癖毛がくるくると巻いてとんでもないことになるのだ。

使い慣れないブラシで四苦八苦し、見苦しくない程度に整える。ヴィンセントが選んでくれた服はシンプルな色とデザインながら貴也の好みで、サイズもぴったりだった。

マフィアから逃げ、殺し屋に匿われている非常事態のなかでも、髪型や服装を気にしている自分が滑稽《こっけい》に思えた。マフィアの男たちとは一度も接触しておらず、決定的な生命の危機に瀕していないから、余裕があるのだろうか。

「終わったら、こっちに来い。少し遅いが昼食にしよう」

ヴィンセントの声とともに、廊下にまで漂ってきた甘い匂いが貴也の鼻をくすぐった。

小走りで戻ったダイニングルームのテーブルにはパンケーキが数枚、皿に盛られていた。皿の横にはメープルシロップとバター、ジャムが置いてある。

「おいしそう！」

貴也は思わず言った。さして空腹ではなかったけれど、作りたての食べ物を見てしまうと食欲が湧く。

焼いてくれたであろうヴィンセントは、まだキッチンに立っていた。手元を見ると、片手に卵をふたつ持って同時に割り、いとも簡単にボウルに入れている。

貴也はあえて、手伝いを申し出なかった。

今朝の様子から見て、貴也に触れたくないとヴィンセントが思っているなら、貴也がそばでうろちょろしているほうが迷惑ではないかと考えたからだ。

いくつかの具材を混ぜ、フライパンに流しこまれてできたのはオムレツだった。一人暮らし歴二年になる貴也も自炊はするが、ヴィンセントほど手際はよくない。

「慣れてるんですね。料理はよくするんですか」

「今はあまりしない。子どものころに仕込まれたから、ある程度はできる」

誰に、とは訊けなかったけれど、子どものころと言うからには、両親かもしれないと貴也は思った。

テーブルに並んだ日常的な料理を見ていると、現実を忘れてしまいそうだった。

マフィアに追われていることも、祖父が殺されたことも、すべてが夢のなかの出来事だったらどんなにいいだろう。

目を閉じれば思い浮かぶ、祖父の優しい笑顔。貴也を呼ぶ声。

「冷めないうちに食べろ」

俯いて現実を拒否していた貴也は、はっとなって目を開けた。

金髪の殺し屋が、オムレツを勧めてくれている。

「……い、いただきます」

貴也は椅子に座り、黄金色のこんもりとした山にフォークを入れた。柔らかくて、嚙まなくても口のなかで蕩《とろ》けるようだった。

「おいしい……。すごくおいしいです」

「そうか。ならよかった」

ヴィンセントはにこりともしなかったが、わずかに唇の端が上がり、雰囲気が柔らかくなったような気がする。

パンケーキももちろん、おいしかった。貴也はメープルシロップ派で、ヴィンセントはジャム派だった。会話はないけれど、見ていれば好みがわかる。

後片づけは、貴也が一人で引き受けた。なにもしないでいるより、皿を洗っているほうが気分が落ち着く。日常に戻りたいと、心と身体が訴えているのかもしれない。

しかし、恐怖を忘れ、和やかな気持ちでいられたのはそこまでだった。

「お前に渡しておくものがある」

そう言ってヴィンセントがテーブルに置いたのは、携帯端末と銃が一丁。

腹に収めたオムレツとパンケーキが胃のなかで躍り始め、貴也は腹部を片手で押さえた。祖父が護身用に所持していた銃や、ヴィンセントが昨日見せてくれた銃とは違い、とてもコンパクトでモデルガンのようにさえ見える。

それでも、銃は銃だ。人を殺す力があると考えただけで、口のなかがカラカラに乾いてくる。

「お、俺には……、使えないと思います。銃は撃ったことがないんです」

貴也は掠れた声で呟いた。

「これで戦えと言ってるわけじゃない。丸腰ではどうにもならん。いきなり当てることはできないが、銃は持っているだけで充分な脅しになる。これは実際に撃っても反動が小さいから、お前でも扱えるだろう。射撃練習をさせてやる時間がないんだ。携帯端末は必ず身につけていろ。離れていても、お前の居場所がわかるようになってる。いつ戻るとは言えないが、定期的に連絡を入れる」

携帯端末と銃の使い方を、ヴィンセントは丁寧《ていねい》に教えてくれた。

説明書などないし、ヴィンセントがいないときに使うものだから、しっかり頭に入れておかなければならない。

緊張とか動揺とかいろんなもので頭がこんがらがり、銃を握る貴也の手は目に見えて震え、何度も同じことを質問した。聞いても聞いても、頭に入ってこないのだ。

ヴィンセントは辛抱強く訊かれたことに答え、貴也の頭にそれが浸透するまで確認し、途中で投げだす素振りも見せなかった。

「すみません。俺が狙われているのに、頼りなくて……」

なんとか一通りはできるようになったが、消費した時間の長さに落ちこんだ貴也は、ヴィンセントに謝った。

「マフィアに狙われているとわかっているのに、平然としているほうがおかしい。銃を持たせるのは、俺がそばにいてやれないとき、万が一のときのための備えだ。俺がいるときは、お前に使わせたりしないから安心しろ」

ヴィンセントの心強い励ましにも、貴也のもやもやした胸は晴れない。

命のやりとりという重い部分を、ヴィンセントにすべて任せてしまうことに罪悪感がある。たとえヴィンセントが殺し屋で、今まで数えきれないほどの人の命を奪ってきたとしても、それは彼自身が決めたことで、貴也のためではない。

「どうして俺のためにそこまでしてくれるんですか？　祖父に世話になったと言ってたけど、なにがあったのか教えてもらえませんか」

ヴィンセントはしばらく黙っていたが、ためらいがちに告げた。

「……昔、仕事でしくじって倒れていたところを、ルイージに助けてもらった。俺は死を覚悟していたし、ルイージがいなかったら確実に死んでいた」

ヴィンセントが持つ独特な、ときおり銀色に光るグレイの瞳が探るように貴也を見つめている。

貴也はなぜかどぎまぎして、視線を逸らせた。

「そう、だったんですか。祖父があなたを助けたときは、こんなことになるとは思いもしなかったでしょうね」

ヴィンセントの守護という幸運は、祖父が貴也にくれたものだった。

祖父は死してなお、貴也を見守ってくれている。貴也は心の中で、天国の祖父へ静かに感謝の祈りを捧《ささ》げた。

「俺も思わなかった。お前たちが平穏な日々を幸せに暮らしていてくれたら、どんなによかっただろう」

感情をこめて話さないヴィンセントにしては珍しく、心からの願いに聞こえて、お前たちという複数の代名詞に誰が含まれるのか、貴也は深く考えなかった。

「本当に。祖父にいったい、なにが起こったのか……。あなたはデナーロのことをどうやって探るつもりなんですか？」

「やり方はいろいろある。繋がりがないわけじゃないんだ。俺はデナーロから何度か仕事の依頼を受けたことがある」

「……！」

驚きのあまり、貴也は椅子を倒さんばかりに勢いよく腰を上げた。

咄嗟に逃げだそうとして、どこへ逃げればいいのかわからず、中腰の変な体勢のままでヴィンセントを凝視する。瞬きをしている間に、ヴィンセントが飛びかかってくるのを恐れて。

ヴィンセントは降伏する犯人のように、両手を上げてみせた。

「落ち着いてくれ。俺はデナーロの友達じゃない。ましてや、お前の敵でもない。ルイージの件は本当に知らないんだ。お前を連れだすので精一杯で、詳しく探る時間もなかった。俺がデナーロ側についていたら、お前はとっくにやつのところに連れていかれてる。そうだろう?」

ヴィンセントから目を逸らさずに、貴也は頷いた。

よくよく考えるまでもなく、彼の言うとおりだった。デナーロとヴィンセントに仕事上の繋がりがあったとしても、今回の件は無関係だろう。

貴也は椅子を戻して腰かけ直した。裏切られたような気持ちになるのは、貴也の勝手だとわかっていた。

祖父を殺し、貴也を狙うマフィアのボスからの仕事を引き受けたことがあったとしても、ヴィンセントが悪いわけではない。

「すみません、びっくりして……」

「かまわない。お前がショックを受ける気持ちはわかる。昨日の今日だし、お前が俺を無条件に信用できないことも、わかっている」

ヴィンセントは気を悪くした様子もなく、平然としていた。

ここまで感情の抑揚を消されてしまうと、自分だけが空まわりしているようで落ちこんでしまう。だが、ルイージへの恩返しで、その孫をマフィアから命がけで救おうとしているのに、信じてもらえないヴィンセントもやるせないだろうと思う。

貴也は冷静になるよう心がけ、ふと思いついたことを提案をしてみた。

「考えたんですが、あなたはデナーロと連絡を取る手段を持ってるってことですよね？　それなら、ルイージの孫はなにも知らない、捕まえても情報は持ってないから放っておいても大丈夫だと、伝えてもらえませんか。あなたの言うことなら、信用してくれるかも」

ヴィンセントの金色の頭が左右に振られた。

「お前を匿っているのが俺だとわかったら、デナーロは俺を始末しようとするだろう。やつは俺を信用してなどいない。俺もそうだが。友達じゃないと言ったろう？　やつの要求を満たせる殺し屋は俺でなくてもいいんだ。お前のアドバンテージは俺という味方がいて、それをやつが知らないことだ。わかるな？」

はい、と頷いたものの、貴也は往生際悪く言い募った。

「では、いっそ日本に帰ってしまったら、どうでしょうか」

「マフィアが飛行機に乗れないと思ってるのか？　デナーロは蛇だ。一度ターゲットにしたものは絶対に逃がさない。お前の身元はもうばれている。昨日家から逃げだしたことで、お前がなにかを隠していると、やつらが求めているものを持っているんじゃないかと勘繰《かんぐ》っているだろう。当然、日本にも追いかけてくる」

「じゃあ、逃げないほうがよかったんじゃ……」

追われる恐怖で、もはや論理的に考えられなくなっている貴也に、ヴィンセントは懇々《こんこん》と言い聞かせた。

「逃げるしか道はなかったんだ。デナーロがお前に与えるのは、釈明の場ではない。お前がなにも知らない無害な子羊であっても、ルイージの孫を生かして解放してくれはしない。それに、お前にはたぶん、ほかの使い道がある」

「ほかの使い道？」

「デナーロは変態性欲者で、十代の少年をいたぶって犯し、最後は殺す。裏ではよく知られた話だ。お前は二十歳だが、俺の目には十五歳くらいにしか見えない。おそらく、デナーロの目にもそう見えるだろう」

「そんな……！」

貴也は悲痛な声を出して震え上がった。

デナーロに捕まったら、貴也に待っているのは悲惨な死だけではないか。法律も善悪も関係ない。これがマフィアに狙われるということなのだ。

「ともかく、ルイージがなにを掴んでいたのか、それを探るのが先だ。やつらの目的がわかれば、こちらの対処もまた変わる。情報を集めてくるから、お前はここで隠れていろ。俺に知らせるべきことがあれば、メールしてくれ。折り返し、電話をする」

携帯端末を指差しながら、ヴィンセントは言った。

「わかりました」

貴也は頷いた。一人でいるのは心細いが、ヴィンセントと繋がる手段があるなら、少しは落ち着いていられる。

祖父を殺した組織の仕事を請け負っていた男を、命綱のように頼りにすることに、矛盾を感じないと言えば嘘になる。それでも、貴也にはヴィンセントしか縋れる人がいない。

「あと、これも渡しておく」

ヴィンセントに手渡されたのは、束ねられた紙幣と一枚のクレジットカードだった。カードにはサミー・グレンという名前が刻まれている。

「もしかして、あなたの本名ですか？」

恐る恐る訊ねた貴也に、ヴィンセントは苦笑を漏らした。

「違う。架空の名前と口座だ。そのカードを使っても、俺にたどり着くことはない。予期せぬ事態が起こって、お前が一人でここを逃げださなければならなくなったときに、一文なしでは困るからな。あくまで緊急時のためのものだから、欲しいものがあっても外に買いに出たりしないように」

「もちろんです」

貴也は両手で紙幣とカードを受け取った。

欲しいものがあろうがなかろうが、ヴィンセントの金を勝手に使うつもりはない。外に出て、寿命を縮める気もなかった。

「できるだけ早く戻る」

ヴィンセントはそう言い、貴也がウィッグと眼鏡で変装したのを見届け、貴也の衣服を持って出ていった。

その後ろ姿を、貴也は複雑な思いで見送った。

今でなければ、訊きたいことがあった。

もし、ルイージを殺してくれと依頼があれば、引き受けたのか。ルイージは恩人だからと断るかもしれない。ルイージでない、なんの落ち度もないように思われる善良な市民でも、金を積まれたら命を奪うのか。

ヴィンセントにはヴィンセントなりの理念があるだろうから、どんな返事であっても、貴也に文句を言う権利はない。

貴也がその質問をぶつけなかったのは、望まない答えが返ってきたときに、それを自分が割りきって納得できると思えないからだ。

見たくないものは見ず、気づきたくないものは気づかないふりをして、都合よくヴィンセントを頼りにしている。彼に守ってほしいと考えている。

自分がこんなに勝手な人間だとは思わなかった。貴也は自己嫌悪に陥り、携帯端末をぎゅっと握り締めた。

4

四日目の朝方、貴也は待ち望んだエンジン音で目を覚ました。

留守中、ヴィンセントからは五回連絡があったが、貴也から報告することはなく、ヴィンセントも調査が順調に進んでいることしか告げず、会話した時間は合計して十分にも満たない。

順調だと言いつつ、警戒は怠《おこた》るなとヴィンセントが言うので、やはり不安になり、家の前を車が通りすぎるだけで慄《おのの》き、眠りも浅かった。

貴也はベッドから飛びだし、ダイニングルームでそわそわと待機した。服は着たまま、ウィッグもつけたまま寝ているので、寝乱れた格好を形ばかり整える。

つけ忘れた眼鏡は、寝起きなので許してもらおうと思う。

静かにドアを開けて入ってきたヴィンセントは、待ちかまえていた貴也に驚いたようだった。

「まだ早いのに、起きていたのか」

「車の音が聞こえたから、あなたが帰ってきたんだと思って。お帰りなさい」

ヴィンセントと貴也は丸三日と半日ほど離れていただけで、その間にお互いの理解を深めるなにかがあったわけではない。

それなのに、ヴィンセントを目にした途端、貴也は泣きそうになった。携帯端末で繋がっていたとはいえ、本当に帰ってきてくれたことに心底安堵した。

「少しやつれたようだが、ちゃんと食べていたか？」

「お腹が空いたときには。コーヒーでも淹れましょうか」

「ああ、頼む」

貴也はいそいそとキッチンに行って湯を沸かし、ペーパードリップで二杯分を丁寧に淹れた。

せっかくヴィンセントが用意してくれたので、何度かはキッチンに立って卵を焼いたり、野菜を炒めたりしたが、つねに満腹のように感じてしまい、そんなには食べられなかった。

暇つぶしにと渡されたペーパーバックも、途中まで読んだものの内容は覚えておらず、枕元に置いたままだ。

ヴィンセントは危険を顧《かえり》みず、動いてくれている。貴也はなにもしていないのに、心配しながら待つというだけで疲れ果てている。自分の弱さを自嘲せずにはいられない。

ダイニングテーブルに運んだコーヒーを立ったまま飲もうとしているヴィンセントに、貴也は言った。

「座って飲んでください。俺と一緒のテーブルにつきたくないんだったら、俺が立ってますから」

テーブルを離れようとした貴也を、ヴィンセントが少々慌てたように引き止めた。

「いや、そういうわけじゃない。お前が気にしないなら、座る。お前も座れ」

「俺がなにを気にするんですか？」

「……怖いんだろう、俺が」

貴也は返事に詰まって、斜め前に座ったヴィンセントを見つめた。

殺し屋という仕事のことを考えると怖いし、彼の殺しの理念に賛同できるかどうかもわからないが、一緒にコーヒーが飲めないほどではない。

それに、そこを気にするなんて今さらだ。すでに貴也は彼に抱き締められたまま眠りに落ちたり、彼が淹れたコーヒーを飲み、彼が作ってくれた食事を同じテーブルで食べたりした。

留守の間、携帯端末から聞こえてきた彼の声。貴也を気遣い、心配する言葉。もうすぐ帰ると言われたときに湧き上がった、なんともいえない歓喜。

「正直に言うと、あなたの仕事は怖い。でも、あなたは怖くない。あなたは俺を傷つけたりしない。そうですよね？」

「ああ。お前を傷つけるものたちから守るのが俺だ」

ヴィンセントの言葉を信じたい。

貴也が微笑みかけると、彼の目尻にほんの少し皺が寄ったような気がした。まるで、笑い返してくれたみたいに。

二人は黙ってコーヒーを啜《すす》り、しばらくの沈黙ののち、ヴィンセントが口を開いた。

「ルイージがデナーロに狙われた理由がわかった。発端はルイージの友人のマット・アンダーソンと、息子のバリーだ。名前に聞き覚えは？」

「マットとバリー……？　ありません」

祖父の交遊関係をほとんど知らない貴也の記憶にはない名前だった。

期待はしていなかったのだろう、ヴィンセントは軽く頷いて話を続けた。

「バリーは建築関係の仕事をしていて、六年前にデナーロと知り合ったようだ。マフィアを後ろ盾にして便宜《べんぎ》を図ってもらうために多額の金を貢《みつ》ぎ、バリーはめでたくデナーロのお気に入りになった。そして、デナーロの趣味を知った」

「趣味……」

貴也は顔をしかめた。

情報収集に出る前にヴィンセントが教えてくれた。少年を虐待したり強姦したりして、最後は殺してしまうという、悪魔にしかできない趣味だ。

「デナーロはその趣味を、すべてデジタルカメラで撮って残しているらしい。何度か趣味に同伴させられたことのあるバリーは、まだ二人の関係が蜜月だったときにデナーロの隙を突いてそのデータをコピーし、盗みだした。デナーロが自分を切り捨てようとしたときの、保険のつもりで。バリーが可愛がられたのは、金を持ってくるからだ。仕事がうまくいかず、金がなくなれば捨てられる。デナーロの趣味を知っているバリーが縁を切られるときは、殺されるときだ」

「お金がなくなったバリーはその切り札を使ったんですか。デナーロに殺されそうになって？」

「ああ。おそらく、犯罪の証拠となるデータを警察に送られたくなかったら、自分を助けろと交渉したんだろうが、賢いやり方じゃなかった。データを盗まれたことでデナーロは激怒し、バリーを生かしておくことはできないと判断した」

バリーは父親のマットに相談したが、ときすでに遅く、二週間前、マットの家に二人でいたところを強盗を装った男たちに襲撃され、射殺された。

しかし、デナーロも遅かったのだ。

バリーに相談されたマットは、即座にルイージにすべてを話し、バリーが所持していたデータのコピーを渡していた。

「デナーロはルイージを殺すつもりではなかったようだ。車で連れ去って拷問し、データのありかを訊きだすつもりが、部下がヘマをして殺してしまった。ヘマをしたやつらも、この世にはいないだろう」

ヴィンセントはそう言い、貴也をひたと見つめた。

「デナーロの狙いはルイージからお前に代わった。ルイージが殺される前に、お前にすべての事情を話し、データの隠し場所も聞いたと、デナーロが考えているということだ。轢き逃げされたときのルイージの所持品には、証拠のデータはなかった。なにか心当たりはないか?」

「心当たり、ですか……」

貴也は懸命に考えた。

祖父とは一ヶ月以上、電話すらしていなかった。たとえ、やりとりがあったにしても、マフィアに狙われている話や、その証拠品をどこに隠したか、というようなことをわざわざ孫に教えるとは思えない。ルイージは身内を犯罪から遠ざけたいタイプの、正義感溢れる男だったのだ。

久しぶりに祖父と対面したのは、病室だった。

頭を抱えて唸《うな》っていた貴也は、空港から一直線に駆けつけた病院での、最後の別れのときを思い出した。

「病室に案内されると、医師や看護師が気を使って、俺と祖父を二人きりにしてくれたんです。祖父はもう話せるような状態じゃなくて、ただ手を握っていただけなんだけど、それで充分でした。二年前に死んだ母の死に目に俺は会えなかったから、祖父の温かい手を握っていてあげられたことが嬉しかった。心臓が止まったあとも、別れを告げるだけの充分な時間を過ごさせてもらって、病室から出たときに医師に言いました。……祖父と最後に話ができてよかったって」

それは比喩的な表現で、本当に話をしたわけではない。

触れ合った肌で、お互いの愛情を確かめ合っただけの話だ。祖父の意識は戻らなかったが、きっと貴也が手を握っていることに気づいてくれたと信じている。

涙ぐんで頷いてくれた医師や看護師たちには、その意味がわかっただろう。

「それかもしれんな」

「で、でも、あそこは集中治療室で、ドアにもロックがしてあって、身元確認をした人しか入れないんです。一般人のふりをしたマフィアが入ってきて、盗み聞きができるとは思えません」

「勤務していた看護師に話を聞いたのかもしれない。医師に対する孫の感謝の言葉は、べつだん秘密にすることじゃないからな」

「そんな……」

貴也は呆然とした。

自分の迂闊《うかつ》な言葉を後悔しても、もう遅い。マフィアに漏らしてしまった誰かを責めるのも、建設的ではない。

祖父と最後に話ができてよかった――この言葉に、どれほどの意味が隠されているか、当の貴也にさえわからなかったのだから。

「記録メディアがなにかはわからないが、そう大きなものではないだろう。預かった大事なものを、ルイージが隠しそうな場所はわかるか？」

「……わからない。祖父の家に最後に泊まったのは三年前です。今回は病院から帰ってきて一時間ほどしかいなかったから。リビングを模様替えしたみたいで、棚の配置が変わってるな、とは思いました。祖父の家はどうなってるんでしょう」

「遠目から確認しただけだが、マルコーニの手下どもが張ってる。かなり派手に家捜《やさが》ししていたようだ。あの様子だと、まだ見つかっていないな。お前が隠し場所の見当をつければ、忍びこんで取ってくるくらいのことはできるかもしれんが、探すとなると難しい」

「俺の荷物、パスポートもなにもかも置いたままなのに」

「パスポートや金は回収されているだろう。パスポートを使って帰国すれば、追手がかかる。手元にあっても使えない」

「俺はどうすればいいんですか」

「一番いいのは、ルイージが隠したデータを見つけ、それがどの程度法的に効力があるかを確かめることだ。殺人で引っ張れれば、デナーロを刑務所に入れられる。だが、犯行にデナーロの関与が認められないデータであれば、今よりもっと厄介になる。デナーロは刑務所入りを逃れ、お前は完全に敵にまわって、死ぬまでマフィアに追われることになる」

「……死ぬまで」

貴也は気が遠くなりそうだった。貴也の安全はデータの中身次第で、見つけても必ず助かるわけではないのだ。

「そう悲観するな。デナーロがこれだけ必死に追ってるんだから、相当な証拠が入ってると信じよう。なんでもいい。隠し場所の心当たりを考えてくれ」

「そんなこと聞かれても、わからない！」

かっとなって貴也は叫んだ。

悲観するなというほうが無理だ。どう転んでも、貴也の行く先には絶望しか待っていないように思える。

「よく考えるんだ」

「わからないってば！」

恐怖からの苛立ちで、貴也はダイニングルームを歩きまわった。

もう死の制裁は受けているが、元凶であるバリーに言い尽せない怒りを感じた。

なぜ、デナーロに近づく前に、近づいた結果どうなるか、ということを考えなかったのか。金の切れ目が縁の切れ目なんて、貴也だって知っている。

自分が助かりたいばかりに父親を含め、何人もの人を道連れにして、最低な男だ。

いや、そうではない。本当に最低なのはデナーロだ。利用するだけして命ごと切り捨てるやり方も、少年を虐待して殺す趣味も、なにもかもが最悪である。

貴也はたしかに小柄で童顔だが、二十歳という年齢を知っても対象になるのだろうか。肉体の凌辱を伴う悲惨な死は、想像するだけで吐きそうになる。せめて、一発の銃弾で痛みも感じないまま殺してくれればいいのに。

「落ち着くんだ。お前は俺が守ってやると言っただろう」

ヴィンセントが立ち上がり、目を吊り上げてうろうろしている貴也の手を掴んだ。

素手で触れられるのは初めてで、貴也は久々に感じる人肌の温かさにはっとなった。だが、じっとしていられない。

「放して……っ」

振り解こうとしても、逃げられない。放せと言えば、すぐに解放してくれると思っていたから驚いた。

もう片方の手も振りまわしてもがいたら、抱き締められてしまった。

「大丈夫だ、タカヤ。お前には指一本触れさせない」

怒れる猫をなだめるような優しい声が、頭の上から零れてくる。貴也などすっぽりと包みこんでしまえるほど、彼は大きく逞《たくま》しい。

ヴィンセントに反抗するようにしばらく暴れていた貴也は、やがて疲れて彼の胸に身体を預けた。綿のシャツ越しに伝わる体温が、ほんの少し落ち着きをくれる。

「死ぬまでマフィアに追われる俺を、あなたは守ってくれるんですか」

ヴィンセントはあやすように、抱いた貴也を軽く揺らした。

「もちろんだ。安全が確保されるまで、必ず守る。デナーロは六十九歳だ。内臓に病気を抱えているという話だし、あと二十年も生きないだろう」

「二、二十年？　二十年も経ったら俺は四十歳だよ！　デナーロが死ぬまでこんなふうに隠れたり、逃げまわったりしろっていうの？」

おとなしく揺らされていた貴也は、ぴたりと身体を止め、思いきり首を仰《あお》のかせてヴィンセントを見た。

具体的な年数が出てきて、一気に逃亡生活が現実味を帯びてきた。二十歳から四十歳なんて、人生の一番いいときではないだろうか。

絶対にこれがやりたい、という夢はないけれど、普通の同年代の若者と同じに、青春を謳歌《おうか》したい。人生を楽しむことを諦め、ただ、生き延びるために生きていくなんてつらすぎる。

愕然《がくぜん》としている貴也に、ヴィンセントが新しい案を授《さず》けた。

「二十年が待ちきれないなら、別人として生まれ変わるのもひとつの手だ。整形して顔を変え、髪を染め、まったく違う人間になるんだ。アメリカで生きるなら、新しい名前と身元を用意してやるし、日本に帰りたいなら、日本での新しい戸籍を用意してやる。だが、自分がタカヤ・イナミであったことを誰にも悟られてはいけない。日本にもマフィアと繋がっている犯罪組織があるからな」

小説かドラマのような話に、貴也は言葉もなかった。

一生分の衝撃が次から次へと降りかかり、許容量をオーバーしている。

逃げるだけの人生はつらいが、二十年生きてきた自分を捨てて、なにもかも一からやり直す人生も選びたくない。髪を染めるくらいならまだしも、母のマリアによく似た顔を、鏡を覗けば母の面影に出会える顔を変えるなんて絶対にいやだ。

それに新しい人間に生まれ変わっても、大手を振って生きていけるわけではなかろう。つねに過去の自分を思い出し、それに繋がるものから遠ざかり、細心の注意を払いながら追手の影に怯えなければならない。

そうまでして生き延びることに意味があるのだろうか。こんな人生しか用意してもらえないほどの罪を、貴也が犯したというのだろうか。

「それしか方法はないんですか」

貴也は涙を堪《こら》えて訊ねた。

逃げ続けるか、生まれ変わるか。

どちらを選んでも、伊波貴也ではいられない。その喪失感はじわじわと貴也を蝕《むしば》み、内側から衰弱させるだろう。

「今のところは。俺だって、お前をもとの生活に戻してやれたらいいと思ってる。二十年は隠れて生きる、もしくは違う人間に生まれ変わる、という選択をしなくてもいいようにことが運べばいいが、バリーが盗んだデータの内容がわからないかぎり、たしかなことは言えない。記録メディアをルイージがどこに隠したかすら、わからないんだからな。あらゆる可能性を、最悪の場合も含めて考えていかないと」

「警察かＦＢＩに通報して、記録メディアを探してもらったら？」

原点に立ち戻り、貴也は訊いてみた。

本人にさえ狙われる理由がわからないまま訴えても相手にしてもらえないだろうが、今ならきちんとした理由がある。

「マフィアが家捜しして見つけられなかったものを、警察が見つけられると思うか？　見つかるまで探してはくれないぞ。お前にはわからないかもしれないが、すべての警察官が正義の味方というわけではないし、警察やＦＢＩのやり方がいつでも正しいわけでもないんだ」

ヴィンセントは訳知りにそう言い、いい顔をしなかった。

当然と言えば、当然だろう。彼は殺し屋だから、彼の考える方法は警察やＦＢＩから遠ざかり、地に潜る方向にしかいかない。

警察を否定され、どうしようどうしようと困っているだけではどうにもならないことを、貴也は突如として自覚した。

ヴィンセントが助けてくれるから、なにもかも彼に頼って甘えてしまっていたけれど、自分のことは自分で考え、進むべき道を選ばなければ。

「どうなっても俺はお前を放りだしたりしない。誰にもお前を傷つけさせない。安全なところに逃がしてやるし、一人がいやなら、新しい生活に馴染むまで一緒にいてやる。一生困らないだけの金もやる。俺を信じろ」

ヴィンセントの言葉は貴也の頭を撫でて、通りすぎた。

彼はたしかに貴也を守り、助けてくれるのだろうが、貴也が切望するもとの世界には戻してくれそうもない。

貴也は自分の生活に未練があった。大学とアルバイト先へは二週間の休みを申請して、渡米してきた。友達だっているし、アパートにも帰りたい。家族の写真を貼った思い出のアルバムや、母の形見が置いてあるのだ。

母が亡くなってからは気落ちして、やりたいことや将来の目標も定められず、ノルマのようにただ大学に通っていただけの時期もあったが、最近はようやく一人に慣れて、前向きにやっていこうという気力が湧いてきたところだった。

日本に戻り、今までどおりの生活を続けたい。簡単に諦めたくない。

公的機関に助けを求め、マフィアを逮捕してもらうのは、至って当然の正しい道であるように思われる。

貴也だって、すべての警察官が正義の味方だと信じるほど世間知らずではないけれど、それでも、ほとんどの警察官はまともな倫理観を持って職についているのではないだろうか。

まず、貴也がしなければならないのは、記録メディアを見つけることだ。それがなければ、必然的に逃亡と隠伏の道が待っている。

ヴィンセントにもたれたまま貴也は目を閉じ、祖父が隠し場所に選びそうなところを思い出そうとした。

5

祖父との思い出は存外に少なく、記憶をたどるのは難航した。

帰省すれば、必ず一緒に遊んでくれる優しいおじいちゃん。孫には甘かったが、すべての我儘《わがまま》を許してくれるわけではなく、厳しいところもあった。

貴也が覚えているのはそれくらいで、祖父自身のことはよくわからない。

「祖父の趣味とか友人とか、聞いたことなかった……。薄情な孫ですよね」

ダイニングの椅子に座って考えながら、貴也は落ちこんだ。思い出す以前に、知らないのだから頭を捻《ひね》っても出てくるものがない。

「どこの家庭もそんなものだろう。祖父の趣味や友人、大事なものの隠し場所について、根掘り葉掘り訊ねて熟知している孫はそういない。とくに、簡単に行き来できない異国で暮らしていれば、当たり前のことだ」

「あなたは祖父のこと、なにか知ってますか？」

慰めてくれるヴィンセントに、逆に訊ねてみた。

彼は今回の事件のあらましも、四日もかけずに摑んで戻ってきた。昔の恩返しをするために、以前からある程度は祖父の生活状況、交遊関係なども調べていただろうし、祖父については彼のほうが詳しいかもしれない。

「仕事と家族構成は調べればすぐわかる。あとは人から聞いて得られる情報だ。FBIを辞めたのは妻のイザベラが――お前の祖母に当たる女性だが、娘のマリアを産んで、家族のためにも危険な仕事は辞めてくれと頼んだからだった。ヘビースモーカーだったのに、FBIを辞めると同時に禁煙もした。一粒種の娘が相当可愛かったんだろう。退職後は地域の犯罪情報センターに再就職した。デスクワークは苦痛で酒の量が増えたが、なんとか折り合いをつけたらしい。三十二年前に心臓の病気で亡くなった妻が生涯忘れられず、再婚はしないと決めていたようだ」

すらすらと語るヴィンセントを、貴也は呆気にとられて見つめてしまった。

孫より、はるかに詳しい。FBI退職の理由は気になったので訊ねたことはあったが、祖父は言葉を濁して教えてくれなかった。

そのときの祖父の、寂しそうな顔を覚えている。妻に懇願され、よき夫、よき父であろうと危険を伴う仕事を辞めはしたものの、心のなかでは未練があったのだろう。捜査官時代の話をするときの祖父は、生き生きとしていた。

祖母をそんなに深く愛していたことも、知らなかった。母のマリアはときおり、「母から教わった料理」とか「昔、母に注意されたこと」というように、祖母の名を出すことがあったが、祖父はほとんどしゃべらなかったのだ。

亡くなった大事な人との思い出を振り返り、楽しく語るには心の整理が必要だ。貴也がまだ母の話を笑顔でできないように、死後何十年経っても、祖父の心の整理はついていなかったのかもしれない。

祖父の指にはいつも、傷だらけになって輝きの失せた結婚指輪が嵌《は》められていて、それを指先で撫でる仕種を何度か見たことがある。愛する妻を思い出していたのだろうか。

生前、祖母がつけていた結婚指輪も、一度だけ見せてもらったことがあった。祖父はそれを形見として、大事に持っていた。

「おばあちゃんの指輪……」

そこまで思い出した貴也は、ぼんやりと呟いた。祖父は祖母の指輪を、保管していた入れ物から大事そうに取りだしたのではなかったか。

「イザベラの指輪がどうした？」

「……馬の小物入れがあるんです。祖父が大事にしていたもので、ぱっと見るとわからないんですが、背中の鞍《くら》のところが外れるようになってて、小物が収納できます。俺が見せてもらったとき、そこには祖母の結婚指輪が入っていました」

これくらいで、と貴也は両手で馬の大きさをヴィンセントに示した。

「小さな記録メディアなら入りそうか」

「たぶん。素朴な木彫りの小物入れですけど、すごく精巧なんです。留め金がなくて、蓋《ふた》だとわからないから、ただの置物にしか見えません。祖父が小学生のとき、同級生の父親に木彫の得意な人がいたそうで、頼んで特別に作ってもらったんだと言ってました。子どものころ、祖父の家では馬を飼っていたらしくて、祖父は馬がとても好きでした」

貴也は椅子から腰を浮かし、夢中になって話した。

ひとつを思い出せば、次々に浮かんでくることがある。

祖父の話で馬に興味を持ち、乗ってみたいと駄々を捏《こ》ねた貴也のために、離れた場所にある牧場まで車で連れていってくれたこと。馬の予想以上の大きさに驚いて泣きだした貴也を、祖父が無理やり抱えて馬に乗ろうとし、母と喧嘩になったこと。

「馬は犬みたいに吠えないとわかって、少しだけ祖父と一緒に乗せてもらうことにしました。乗り心地とかはよくわからなかったけど、視界が高くなって気持ちよかったことは覚えてる。そのあとで、干草を固めたみたいなおやつを馬にあげました。馬は温かい舌でべろんべろん舐めてくれるから、手のひらはべとべと。それを母のズボンで拭いたら怒られちゃって……」

楽しかった思い出を笑み交じりで語っていた貴也は、はっと我に返った。祖父と母と三人で馬に乗りに行った話なんて、ヴィンセントにも記録メディアにもまったく関係がない。

「す、すみません！　どうでもいいことをべらべらと……」

「いや、どうでもよくはない。思い出さなければ、記憶は日々薄れていくものだ。ルイージやマリアとの思い出はもうお前しか知らないんだから、大事にしたほうがいい」

「でも、あなたに聞かせることじゃなかったかも。だって、退屈でしょうから」

「べつに退屈ではない。お前の子どものころの思い出を聞くのは楽しい。思い出したことがあれば、いつでも俺に話してくれ」

ヴィンセントが微笑んでいるように見えて、貴也は俯いた。こんなにふうに優しくされると、困ってしまう。

彼は殺し屋なのだ。貴也の祖父に恩義を感じ、祖父を救えなかったことを後悔し、孫だけでも助けてやろうと考えてくれている。

なんの得にもならない貴也個人の思い出など、聞いて楽しいわけもないのに、気を使ってもらうのは申し訳なかった。それに、彼の勧める道を拒絶して警察を頼るのなら、これ以上彼には甘えられない。

「祖父が記録メディアを隠すとしたら、その馬の小物入れしかないと思います」

貴也が冷静に言うと、ヴィンセントは頷いた。

「可能性は高そうだ。今夜にでも、俺がルイージの家に行って確かめてこよう」

「マルコーニの手下が見張ってるって、言ってませんでしたか？」

「見張りはいるが、二、三人だろう。どうということはない。行って、すぐに戻ってくる」

ヴィンセントの口調が、近くのスーパーに卵を買いに行くような気楽さだったので、貴也は身を乗りだして頼んだ。

「俺も連れていってください！」

「駄目だ。俺が見たときと状況が変わっているかもしれないし、そうなると時間もかかる。わざわざお前を危険な場所へ連れていけない」

「お願いします！　祖父の家を一度見ておきたいんです。危険でもかまいません。これ以上、ここで一人で待っているのはいやです」

貴也は渋るヴィンセントに食い下がった。

我儘を言っているのはわかっている。

けれども、情報を得るものがなにもなく、すべきこともなく、家のなかで息を潜めていると、頭がおかしくなりそうだった。浅い眠りにつき、夢を見ているのではないかと期待して目覚め、現実に引き戻されては落ちこんだ。

自分が置かれている状況の異常さに頭が対応しきれず、とにかくがむしゃらになにかがしたい、動きたいという欲求が身体中を渦巻いていて止められない。

ヴィンセントはしばらく黙って貴也を見ていたが、貴也の瞳のなかに危ういものを感じたのか、諦めたようなため息をついた。

「そんな思いつめた顔をするな。……仕方がない。その代わり、必ず俺の命令には従うと約束しろ。安全が確認できるまでは、車に隠れていること。血腥《ちなまぐさ》いなにかが起こったとしても、騒がないこと。いいか?」

「も、もちろんです」

思った以上にあっさりと許可され、貴也は顔面に喜色を浮かべたが、最後の注意を聞いて気を引き締めた。

祖父の家に入るには、見張っているマフィアの手下をなんとかする必要がある。怪我をさせる、最悪の場合は殺してしまっても、なにも言うなということだ。

目の当たりにすれば平常心でいられる自信はないけれど、ヴィンセントの足を引っ張らないようにしなければならない。

夜まで待って、貴也とヴィンセントは隠れ家を出た。

ヴィンセントは貴也を連れだしてくれたときと似たような黒の上下、貴也は黒いシャツにブルージーンズ、いつものウィッグと眼鏡着用である。

ウィッグを被ればかなり違う印象を与えるようだと、自分で鏡を見て思ったこともあって、擦れ違う車のライトに照らされても、それほどびくびくはしなかった。不審な態度を取ることこそが、相手に不審を抱かせるきっかけになる、とヴィンセントにも言われていた。

緊張していたからか、二時間と少しのドライブはあっという間に感じた。見知った道を走っていると、祖父はもうこの世にいないのだという事実がやたらと胸に迫ってくる。

ヴィンセントは祖父の家から離れた場所に車を停め、貴也に言い含めた。

「家に入れるようになったら呼びに来るから、それまで待っていろ。車の外には絶対に出るな」

「わかりました」

貴也はしっかりとヴィンセントの目を見て頷いた。

静かに車を降りたヴィンセントは、獲物を狙う野性の獣のような身のこなしで、あっという間に闇に溶けこんで姿を消した。

途端に心細さに襲われて身体が震えたが、貴也は深呼吸をして落ち着こうとした。マフィアの手下ども相手に、ヴィンセントが苦戦するのではないか、とは不思議なほどに思わなかった。

ヴィンセントは最悪なニュースを伝えるときでさえ平然としていて、彼が失敗したり、慌てたりするところは想像もできない。

周囲に注意深く気を配り、腕時計で時間を確認すること十五分。闇のなかからヴィンセントが現れ、貴也を手招きした。

車のドアを閉める音や足音を可能なかぎり小さくし、貴也はヴィンセントのもとまで、もつれそうになる足で駆けていった。

祖父の家の明かりはついていて、外観は変わりないように見えたが、キッチンの勝手口から足を踏み入れた貴也は、目に飛びこんできた惨状に思わず悲鳴をあげそうになった。

自分の手で口を押さえていなければ、意味不明なことを口走ってしまいそうだ。

家具は倒され、割れた食器が散乱し、床板は剝がされていて、足の踏み場もない。リビングも同様で、ソファは切り裂かれ、内部の素材が露出している。

「……!」

呆然としていた貴也は、ヴィンセントに腕を摑まれて飛び上がった。

気遣うように顔を覗きこまれて、目的を思い出す。

変わり果てた室内にショックを受けている場合ではない。馬の小物入れを祖父がどこに置いていたかまでは貴也も知らないが、リビングか祖父の寝室ではないかと予測はしている。

リビングにはいくつかの木彫の置物があったものの、該当の馬は見当たらず、ついでにと捜してみた貴也の荷物もなかった。

予想はしていても、なんとも言えない心地悪さが背筋を這い上がってくる。住所など、重要な個人情報のすべてを盗まれてしまったのだ。

貴也はヴィンセントに先立ち、階段を上って祖父の寝室へ行った。

寝室もまた無残だった。床板どころか、壁紙まで剝がされ、叩き壊されたベッドが窓際に押しやられて、すべてのものが床にぶちまけられていた。

「ひどい……」

貴也はたまらず小声で呟き、滲んでくる涙を堪えた。

汚されているのは、祖父の尊厳であった。やつらは祖父を人間とは思っていないから、こんなひどいことができるのだ。

足が竦んで動けない貴也を置いて、ヴィンセントは室内に入り、床に積み上げられたものを動かし始めた。

彼だけに任せてはいられない。役に立たなければ、連れてきてもらった意味がない。貴也は奥歯を嚙み締めながら、捜索に加わった。

形状を覚えていたこともあって、小物入れは比較的早く見つかった。貴也が持ち上げたクッションの下に転がっていたのだ。

「あった……!」

興奮を押し殺してヴィンセントに声をかけ、両手でそっと取り上げてみると、脚が二本と尻尾が折れてしまっていたが、胴体は無事だった。

「開けられるか？」

ヴィンセントの問いに貴也は頷き、蓋になっている鞍を下から指で押し上げた。コツがいると祖父が言っていたように、かなり固かったが、押す方向を何度か変えているうちに鞍は音もなく浮き上がった。

蓋を外し、手のひらにひっくり返したら、小さなものがふたつ転がり落ちてきた。祖母の指輪とSDカードである。

「これ……」

「間違いないだろう」

「あの、馬も一緒に持っていっていいですか」

壊れているとはいえ、祖父の形見の小物入れだった。この馬はきっと、死んだ祖父の代わりに、孫のためにデータを守ってくれていたのだ。

「かまわない。思っていたより早くに見つかったからな。長く時間は取れないが、ほかにも持っていたいものがあれば選ぶといい」

ヴィンセントは馬が落ちていたあたりを探って、折れた二本の脚と尻尾を見つけてくれた。

「……ありがとう」

泣くのを堪えるのに必死で、貴也は蚊の鳴くような声で礼を言った。

指輪とカードを馬の腹に戻して蓋をし、近くに投げ捨てられていたキルティングの袋に脚と尻尾も一緒にしまう。

年季が入ったそのキルティングの袋は、子どものころに母が貴也に作ってくれたものとよく似ており、祖父の年代の男性が好んで所持する趣味のものではないから、きっと母の手製だろうと思われた。

まるで、貴也に持っていてほしいと言わんばかりに、袋が望んで馬のそばに舞い落ちたようだった。

「……っ」

母と祖父の笑顔が思い出されて、涙が堰《せき》を切ったように溢れでてきた。

なぜだ。なぜこんなことになったのだと、もう何百回、何千回と考えたことがまた頭のなかをぐるぐるまわり始めた。

「大丈夫か」

ヴィンセントの静かな声が、鼓膜を震わせる。

彼に縋りついて泣き叫びたい衝動を、貴也は抑えこんだ。そんなことをしたって、どうにもならない。それは貴也が一番よくわかっている。

祖父の家は、貴也が安らげる場所ではなくなってしまった。手の甲で涙を拭い、手の甲をジーンズで拭う。

「み、見張りの人たちは、どうしたんですか?」

なにかを言わねばと口を開いたものの、しゃくり上げるのを我慢し損なった声が出て、自分でもびっくりした。

「意識を失わせ、縛り上げてバスルームに放りこんである。目が覚めても自力では動けないし、救援も呼べないだろう」

ヴィンセントは見張りの男たちから取り上げたと思しき携帯電話を二台、貴也に見せてくれた。彼に油断はない。

祖父の形見を馬以外にも持ちだしたいと思ったけれど、なにを選べばいいのかわからなかった。ベッドサイドに置いてあっただろう写真立ては、床に叩きつけられたのか割れていて、しかも肝心の写真が抜き取られていた。

「これ……、母と祖父と三人で撮った写真が入ってたんだと思います。二年前、母が亡くなる前に病室で撮ったものです」

「お前の顔写真が欲しかったのかもしれんな」

ヴィンセントの言葉に、貴也はがっくりとうなだれた。アルバムがあるかもしれないと思ったが、短時間ではとても見つけられそうになかった。

それに、逃亡中の身では大きなものは持ちだせない。SDカードが見つかった今、分が悪いのは貴也ではなくマルコーニである。

少々時間がかかっても、貴也はきっともとの生活に戻れるし、この家にも帰ってこられる。荒らされた室内をゆっくり片づけ、家族の温かい思い出を取り戻せるだろう。

その考えは貴也を勇気づけた。

「今のところはこれでいいです」

ヴィンセントは怪訝な顔をした。

「今のところは？　誰かが見張りを気絶させて侵入したことは、デナーロにすぐにばれる。何度も忍びこめはしないぞ」

そうではない。次に来るときは忍びこむのではなく、堂々とルイージの孫として戻ってくるつもりだ。

貴也はヴィンセントとの見解の相違に気づいたが、なにも言わずに曖昧《あいまい》に頷いた。

正直なところ、ヴィンセントがことあるごとに示そうする悲観的な将来に、嫌気が差していた。今でも充分なほどに最悪の事態で、これ以上悪くなるなんて考えたくない。

祖父が残してくれた証拠は、デナーロを逮捕へと結びつけてくれるはずだ。気分が高揚し、暗闇に光が差した気分だった。

二人は侵入したときと同じように、勝手口からひっそりと抜けだした。バスルームのドアの前も通ったけれど、物音はしなかったので、見張りたちの意識はまだ戻っていないのかもしれない。

ヴィンセントは彼らから取り上げた携帯電話を、落とされたものが積み上がっているキッチンの床に無造作に放り投げた。

目撃者がいないか、充分に注意しながら車に戻り、貴也はキルティングの袋をしっかりと握り締めて助手席に座った。

行きとは違う遠回りの道を走って、隠れ家に帰り着いたのは三時間後の午前四時だった。もうじき、空も薄明るくなってくるころだ。

玄関のドアを開けて、ヴィンセントはどの部屋に行くか悩んでいるようだった。

「デナーロのデータだが、どんなものが映っているかわからない。俺が先に確認するから、お前は少し眠ったらどうだ」

「いいえ。俺も見ます。これのために祖父が殺されて、俺まで狙われてるんだから」

眠気など欠片も感じていなかった貴也は、はっきりと言った。

最悪な画像があの小さなカードに詰めこまれているのだろうが、自分の目で確認しないことには気になって、寝ろと言われても眠れない。

それに、貴也は子どものころから出血を怖がる性質ではなかった。中学生のとき、友達が階段で転んで腕を十針も縫うような怪我をしたときも、止血のために友達の血塗れの腕を掴んでいたくらいなのだ。

ヴィンセントは気の進まない顔をしていたが、貴也からSDカードを取り上げるのは不可能だと悟ったらしい。

彼が使っていた部屋からラップトップを持ちだしてきて、キッチンのテーブルの上に置いた。

貴也も馬の小物入れを取りだし、鞍の蓋を開け、カードをヴィンセントに渡した
小さな動作音をさせながらコンピューターがメディアを認識するのを、貴也は固唾を呑んで見守った。横からだと画面が見づらいと思い、ヴィンセントの後ろに立って腰を屈め、肩の上から覗きこむ形を取る。

ヴィンセントはなかなかフォルダを開こうとしなかった。

「画像が千枚近くと動画もあるようだ。デナーロの顔を知らないお前が見ても、どれが重要な証拠になるか判断はできないだろう。胸くそが悪くなって、夜に一人で眠れなくなるようなショッキングな映像を、わざわざ見なくてもいいと思うが」

「見ないままでも、眠れません。デナーロの顔が映っていたら教えてください。目に焼きつけます」

貴也は頑迷に言い張った。

そして、十秒も経たないうちに後悔した。

画面に映しだされたのは、この世の地獄といっても過言ではなかった。筆舌に尽くしがたいほど残酷で、グロテスクで、犠牲者たちが壊され、死へと旅立っていくさまが連続で撮影されており、その恐怖に歪んだ表情から悲鳴が聞こえてきそうだった。

結局、十枚も見ていられずに、貴也は口元を押さえてバスルームに駆けこみ、嘔吐《おうと》した。

前日に夕食を軽く食べていた程度だったので、吐きだすものがなくて胃液だけしか出てこなかったが、嘔吐《えず》きは止まらない。

「うっ、うう……っ」

便器に縋ってぐったりしていると、追いかけてきたヴィンセントが背中を撫でてくれた。

「大丈夫か？」

返事をする前にまたこみ上げてくるものがあって、顔を伏せる。

「ぐ……、う、げほっ……」

腹が痙攣《けいれん》して、身体が細かく震えた。

ヴィンセントはきっと呆れているだろう。自分から見ると言ったのに、デナーロらしき男も登場していない、千枚のうちの最初の十枚でギブアップするとは。

生理的なものと情けなさで涙が溢れたが、これ以上は無理だと思った。犠牲者たちの変わり果てた姿が、目を閉じても浮かんでくる。虚《うつ》ろになっていく瞳が恐ろしい。

彼らはすでに、この世にはいない。亡骸《なきがら》が発見されているとは思えず、犠牲者がどれだけの数にのぼるのか、考えただけでぞっとした。

貴也が便器から離れられないでいる間、ヴィンセントはずっとそばにいて、背中や肩などをさすりつづけてくれていた。

「す、すみません……。もう、大丈夫」

涙や汗を拭う気力もなく、貴也は掠れた声で言った。

いったん離れたヴィンセントが、水の入ったコップを持って戻ってきた。

「無理をするな。これで口をゆすいで、顔を拭くといい」

貴也は震える手で、差しだされたそれを受け取った。落としそうだと思ったのか、ヴィンセントの手が貴也の手を上から包みこんで支えてくれている。

彼の助けを借りて口をゆすぎ、水を絞ったタオルで顔を拭くと、ほんの少しだけ気分がましになった。

「悪かった。やはり、俺がまず確認してから見せるべきだった」

貴也はのろのろと顔を上げた。

謝るのは貴也のほうなのに、どうしてヴィンセントが後悔の滲んだ申し訳なさそうな顔をしているのだ。

「違います……、俺がいけなかったんです」

貴也の覚悟が足りていなかった。

デナーロが映ってさえいれば、祖父の仇が討てて、未来の見えない逃亡生活に終止符が打てる。その明るい側面ばかりを見て浮かれ、マフィアのボスが血眼になって探そうとしているデータの内容を深く考えていなかっただけだ。

デナーロの最悪な趣味のことは聞いていたのに、貴也が迂闊だったのだ。

「お前はマフィアを、いやデナーロについてよく知らない。それは当たり前のことだ。普通に生活をしていれば、無縁の男だったはずだ。だが、俺は知っている。あそこまでひどいことをしているとは知らなかったが、充分に予想できることだった。お前をこんな目に遭わせる必要はなかった。可哀想に、身体も冷えて……」

抱き寄せられて、貴也はヴィンセントの胸に身体を預けた。

こうして彼に抱かれるのは何度目だろう。冷えきった肌にじんわりと沁みこんでくる体温を、馴染みのあるものだと身体が認識し始めている。

ヴィンセントは貴也を抱き上げ、貴也にあてがわれた部屋のベッドまで運んでくれた。

シーツに包まれると、自分がとても安全に守られている気がした。貴也はデナーロに捕まっていない。

写真の少年たちにしていたようなことを、デナーロは貴也にできない。

貴也は大きく息を吐き、ヴィンセントを見上げた。

「あなたのせいじゃありません。俺はあれを見て、知っておくべきでした。俺を拉致しようとした男が、なにをしていたのか。これ以上は見る勇気がないけど……」

「お前は見なくていい。残りは俺がチェックしておく」

「全部、見るんですか。動画も？」

「見なければ、デナーロが映っているかどうかわからない。俺なら平気だ。気分のいいものではないが、耐えられないほどじゃない」

ヴィンセントはなんでもないように言い、貴也は返事に困って顎《あご》を引いた。

職業上、死体は見慣れているのだろう。彼がどんな武器を用いて、どういう殺し方をするのかは知らないが。

貴也のことは、まるで宝物を扱うように優しくしてくれるから、彼が無慈悲に人を殺しているところを思い浮かべるのは難しかった。殺し屋だと納得しているつもりだったが、現実にはどこか別世界の職業に思えていたのかもしれない。

しかし、あの最悪な画像を千枚も平然と確認できる神経は、やはり常人とは違っているのだと感じずにはいられなかった。

貴也はこのデータを盗んで持ちだしたバリーのことを思い出した。デナーロの趣味に何度か同伴したというバリーも、きっとデナーロと同類だったのだろう。

巻きこまれたマットや祖父は、バリーの趣味を知っていたのだろうか。みんな死んでしまって、詳しい話をしてくれる人がどこにもいない。

そこまで考えて、貴也はふと気がついた。

「あの、あなたは誰からこの話を聞いたんですか？」

「この話？」

ベッド脇で貴也を見ていたヴィンセントが、わずかに小首を傾げた。

「バリーがデナーロの趣味に同伴したとか、データを盗みだしたこと、それをマットに預け、マットが祖父に渡したことです。バリーもマットも祖父も、もう亡くなっているのに」

「探せば、情報源はどこかにあるものだ。好みの少年たちを探して拉致し、虐待を楽しむための部屋を用意したり、使用した部屋と少年の後始末などを、デナーロがすべて一人で行っているわけではない」

情報を漏らしたのは、マルコーニファミリーの一員の誰か、ということらしい。

「ボスの犯罪の片棒を担いでる部下たちに、罪悪感はないんでしょうか。デナーロがなにをしてるか、全部知ってるってことですよね」

「嫌悪感はあるようだ。少年をいたぶって殺すのは、男らしい趣味とは言えないからな。だが、内部抗争が起こって身内でデナーロを消してくれるような、嬉しい展開にはなりそうにない。デナーロはあれでも金儲けの才能がある、というか金脈を摑むのがうまくて、その金がマルコーニファミリーに力を与えてる」

マフィアに正義感などなく、すべては金で左右される。驚くことではなかった。

「あなたが動いてるってことが、デナーロにばれたりしませんか」

「正面から出向いて、堂々と名乗ったうえで情報を引きだしてるわけじゃない。俺だとは気づかれないように動いているから、心配するな」

ヴィンセントが小さく笑ったので、貴也は思わず赤くなった。

自分が馬鹿になった気分だった。ヘタをすれば殺されるのに、そんなヘマをヴィンセントがするわけがない。

「眠れるようなら、眠れ。横になっているだけでもずいぶん違う。起きたいと思ったときに、起きてくればいいから」

「……はい。ありがとう」

貴也は礼を言って、目を閉じた。

気が高ぶって眠気はなかなか訪れず、眠りかけたと思ったら、殺された少年の顔が思い浮かんで飛び起きる。

そんなことを繰り返しているうちに、肉体が限界に達したのか、貴也はいつしか浅い眠りについていた。

6

貴也が起きだしたのは、翌日の午後だった。

頭は重いし、目も腫《は》れぼったく、嘔吐のせいか喉も痛い。シャワーを浴びると、多少はましになった。

ヴィンセントが作ってくれた温かいオートミールを食べてから、貴也はコーヒーを飲んでいるヴィンセントに訊ねた。

「どうでしたか？　デナーロが映っている画像はありましたか？」

「ああ」

「本当に？」

貴也は目を見開き、勢いよく立ち上がった。重苦しかった身体から、一気に疲労が吹き飛んでいったようだ。

「すべて確認した。デナーロの腕や足などが映っているものはたくさんあったが、顔まで映りこんではっきり識別できるものは十枚ほどしかなかった」

「見せてください」

「見ないほうがいい。また吐くぞ」

「デナーロがどんな顔をしているのか、見たいんです。お願いします！」

貴也が何度も頼むと、ヴィンセントは一枚だけならという約束で見せてくれた。片づけていたラップトップを再びテーブルに置いて、ヴィンセントがひとつのファイルを選ぶ。それは、被害者がまだ傷つけられる前の段階で、嘔吐くようなものではなかったが、醜悪には変わりなかった。

四肢を拘束された金髪の可愛らしい少年が、猿轡《さるぐつわ》を嵌められていて、その引きつった頰に、小太りで頭頂が禿げかかった六十代後半くらいの男が頰擦りをしている。

この男がデナーロなのだ。道徳観、理性、常識といったものは、欠片も窺えない。

少年は卑猥な女性用の下着を着せられており、デナーロは半裸だった。頰を擦り寄せて、明らかに少年が味わっている恐怖を楽しんでいる。

貴也の胸に爆発的な怒りが湧き起こった。

「この男は悪魔です！　画像を見たら、誰でもわかる。俺、SDカードを警察に持っていきます。こんな男を野放しにしておくなんてできない。千枚もの画像があって、そのうちの十枚にデナーロが映っていたら充分でしょう！」

「残念だが、充分とは言えない。デナーロと一緒に映っているのは、すべて生きている被害者だけだった。しかも、危害を加えられていない。この少年が事切れている画像もあったが、デナーロに殺されたと断言することはできない。よしんば、デナーロが死体を抱いて映っていたにしても、殺人の証拠にはならないだろう。警察が引っ張るとしたら、未成年に対する猥褻《わいせつ》行為で、死ぬまで刑務所に繋ぎ止めておくのは難しい」

「そんな馬鹿な話はないです！　生きてる少年とデナーロ、そして、殺された少年が映っていれば、デナーロが犯人だとどんな間抜けにだってわかります！」

貴也は悲鳴のような声で叫んで、ヴィンセントを睨んだ。

「目撃者がいない」

ヴィンセントは貴也の憤りを削ぐように短く言い、

「写真の出来事を目撃し、証言できる人間がいないと駄目なんだ。もし仮に、殺人罪でデナーロをしょっぴいたとしても、数時間後には真犯人が自首してくるだろう。デナーロよりも犯行に詳しく、死体を遺棄した場所も知っている真犯人が。わかるか？　どんな罪状でも、とりあえず逮捕しておけば万事うまく運ぶわけではない。デナーロには逃げ道があり、優秀な弁護士もついている。揺るぎない、完璧な証拠を揃えなければ落とせない」

と穏やかな口調で噛んで含めた。

「じゃあ、じゃあ……なんのために祖父は殺されたんですか。俺はどうして逃げなきゃいけないんですか」

「このカードには、デナーロを逮捕できるものが詰まっている。それはたしかだ。だが、一時的にデナーロを収監するだけでは、お前の安全は確保できない。デナーロは刑務所からだって、手下どもにお前を追わせることができる。そして、刑務所から出てきたやつは、今とは比べ物にならないほど苛烈にお前を追い続けるだろう」

とてつもない無力感に囚われて、貴也はだらんと両腕を下げた。

祖父が隠した記録メディアさえ見つかれば、逃亡生活にも終止符が打てると思いこんでいたから、余計に呆然としていた。祖父の死も、貴也が追われるわけもすべてがわかっていて、彼らが狙っているものを持っているのに手も足も出ない。

「タカヤ。お前が今の自分を捨て、新しい人生を送る選択を楽しみにしていないことはわかっている。お前の望みもわかっているつもりだ。このデータは起死回生の一打にはならないが、選択肢を少し増やしてくれた。デナーロを追いつめられるようなうまい手を考えてみるから、焦らずにじっとしていてくれ。警察を頼っても、問題は解決しない」

ヴィンセントは懇々と諭しながら、コンピューターを終了させようとしている。

「……SDカードを返してください」

いじけた気持ちで、貴也は言った。

現時点では、燻《くすぶ》っているデナーロの火に油を注ぐだけでどうにもできないものならば、ヴィンセントが持っていたってしようがない。カードは貴也の所有物でもないけれど、祖父が預かったもので、貴也が隠し場所を見つけたのだから、貴也に持っている権利があるはず。

返してもらうためのまわりくどい言い訳がいくつか浮かんだが、ヴィンセントは自分が貴也に信用されていないことに気づいただろう。

重要なデータを預けるに値しないと、はっきり言われているも同然だからだ。

しかし、彼はなんの感情も見せず、貴也にSDカードを返してくれた。

「なくしたり壊したりしないよう、馬の腹に入れておくといい」

「……はい」

俺が持っておく、と言われるとばかり思っていたので、拍子抜けしてしまった。彼に食ってかかろうと用意していた言い訳が、宙に浮いて行き場を失っている。

カードを馬の腹に入れて袋にしまうと、貴也がすることはなくなった。

「くれぐれも、これを持って警察に駆けこもうとするのはやめてくれ。警察は万能じゃないし、マフィアは警察官であっても、邪魔をすれば容赦はしない」

「わかりました」

しつこく繰り返すヴィンセントに、貴也はむすっとしながら頷いた。

何人も人を殺し、逃げ延びてきたヴィンセントは、警察ほど間抜けな組織はないと思っているのだろう。警察の頼りなさを殺し屋が語るのは、現実味がありすぎて、むしろシュールだった。犯罪を取り締まるべく設けられた機関に、犯罪の証拠を届け出ることさえできないなんて、世も末である。

この千枚を超える画像を馬の腹で眠らせておいて、なすすべもなく逃げまわるのは悔しい。なんとかできないか考えていると、ヴィンセントが言った。

「これから、人と会う約束がある。少し時間がかかるかもしれないから、お前も一緒に来い。ここに一人で置いておくのは心配だ」

一人の留守番が心配なのか、一人にしておくと警察に駆けこみそうで心配なのか、ヴィンセントの心配には、二通りの意味が感じ取れた。

貴也はむしゃくしゃする気持ちを抑えられないまま、一週間ほど寝泊まりした部屋に戻り、荷物をまとめた。ヴィンセントに、ここに戻ってくるかどうかもわからないと言われたからだ。ヴィンセントが買ってくれた衣服と靴、預かったままの銃、携帯端末、紙幣とカード、馬の入ったキルティングの袋。貴也の持ち物はそれだけだった。

準備ができると、二人は車に乗りこんだ。

途中休憩を一回挟んで早めの夕食を取り、合計で三時間ほど走った。地名はわかっても地理に詳しくないので、祖父の家からどれくらい離れてしまったかはわからない。

ヴィンセントが中クラス程度のホテルの駐車場に車を停めた。

高級ホテルでは、快適さを提供するために従業員が客をつねに気にかけているし、着の身着のまま逃げてきた訳ありの客でもさほど気にしない安いモーテルは、マフィアたちの目が光っている。

ヴィンセントが選んだホテルは従業員がそう多くなく、フロントを通らずにエレベーターに乗れるので便利なのだそうだ。

偽名でチェックインし、部屋に入ると貴也はベッドに腰かけた。

人にあまり顔を見られないように、それでいて不審に思われない程度の俯き加減を維持するのは、案外疲れるものだ。

「二時間ほどで帰ってくる。誰が来ても出るな。そして、どこへも行くな」

貴也はヴィンセントを見上げた。

一緒に来いと言ったのはこのホテルまでで、ここから先は連れていってもらえないらしい。

「あなたはどこへ行くんですか？」

「知り合いのところだ。うまくいけば、あとで話す。悪いようにはしないから、おとなしく待っていてくれ」

時間が迫っていたのか、ヴィンセントは貴也に念を押して出ていった。

一人で残されるのは隠れ家と同じだが、隠れ家にいるほど隔離されている感じはしない。それが安全なのか、危険なのかは判断が難しいところだ。

テレビが目に入り、貴也はリモコンで電源を入れた。隠れ家にはなかったので、テレビも久しぶりである。

チャンネルを替え、ニュース番組を見ていると、自分の時間が一週間前で止まっていることに気がついた。貴也が殺し屋に守られて逃亡生活を送っていても、世の中は変わりなく動いている。

動物園でシマウマの赤ちゃんが生まれたというニュースや、プロ野球の試合中継などをぼんやりと眺めているうちに、擦れ違う人はみんなマフィアの手先だ、誰も信用できない、と疑心暗鬼になっていた自分の感覚が、もとに戻っていくのがわかった。

日没が八時過ぎごろと遅いので、窓の外はまだ薄明るい。窓際に立って外を見下ろせば、普通に人が歩いている。

ホテルの前をTシャツと短パンでジョギングしている男性や、犬を散歩させている、下腹部に相当な脂肪を溜めこんだ初老の男性が、マフィアであるわけがない。

テレビに視線を戻し、銃を持ってマーケットに押し入った強盗を警察官が逮捕しているニュースを見れば、やはり警察は頼りになるのだと思わざるを得ない。

生前の祖父は、ＦＢＩ捜査官時代のことをこう言っていた。

犯罪者は許せない、市民を助けるためにはいつだって命を懸ける覚悟だったと。

警察を頼るという考えを、貴也は捨てきれなかった。殺し屋ではないのだから、当然だと思いたい。犯罪に巻きこまれた一般市民が、ほかのどの機関を頼ればいいのだ。

貴也は腕時計を見た。

「ヴィンセントが出ていって、三十分……」

今のうちかもしれない、と思った。

貴也がこんなふうにホテルの部屋で一人になる機会が、今後どれだけあるだろう。地名すらわからない場所にぽつんと建っている隠れ家とは違い、ここならフロントでタクシーを呼んでもらい、最寄りの警察署に駆けこむことができる。

警察で事情を説明し、ＳＤカードのファイルを見てもらえば、誰の目にも異常事態は明らかだ。ＳＤカードだけを回収し、すでに祖父を殺され、追われている貴也を路頭に放りだしたりはしないだろう。

アメリカで生まれた貴也は、アメリカ国籍を持っている。それを証明するものがないのは心細いが、パスポートやクレジットカードなどの盗難の被害に遭った旅行者だって、盗難を申し出たとき、自分の身分は証明できなかったはずだ。

貴也はバッグから、SDカードと紙幣を取りだした。タクシーに乗るには金が必要で、これはヴィンセントのものだから、彼の命令に背き、勝手に使うことには強い罪悪感を覚える。

だが、警察に頼るシミュレーションは止められなかった。

デナーロは盗まれた画像や動画を取り返そうとしている。それだけ重要だと、自分の身を危うくするものだと認識している証拠だ。

ヴィンセントはすべて確認したと言っていたけれど、千枚にも亘《わた》る画像を一人で、それもたった一晩チェックしただけでは万全とは言えないのではないか。

警察に持ちこめば、ヴィンセントが気づかなかった、デナーロを追いつめられるなにかを見つけられるかもしれない。

「うん」

貴也は日本語で、声に出して頷いていた。

大丈夫な気がしてきた。ホテルのフロント、タクシー運転手、警察官。貴也が話す機会があるのはこれくらいだ。

指名手配の顔写真が、町の至るところに貼られているわけではない。

貴也は迷った末にウィッグを外した。伊波貴也本人であることを証明したいのに、ウィッグで変装していたら、余計に混乱するだけと思ったのだ。どこでそんなものを手に入れたのかと追及されても困る。

誰になにを訊かれても、ヴィンセントのことは一言も漏らさない。

それが、彼の意見に逆らい、勝手な行動を取る貴也にできる唯一のことだ。

眼鏡はすぐに外せるのでかけたまま、カードと紙幣をジーンズのポケットに入れて立ち上がった。壊れた馬の小物入れやキルティングの袋など、所持していることに説明が必要なものは持っていかないことにした。

残されたそれらをどうするかは、ヴィンセントに任せるしかない。

ドアはオートロックで、鍵はヴィンセントだけが持っている。廊下に出て、ドアが閉じてしまう瞬間まで、貴也は自分のしようとしていることが正しいのか間違いなのかわからず、迷い続けていた。

だが、この機会を逃したら後悔すると思った。後悔を抱えたまま、別人になって生きるのはいやだ。

ノブをまわしてドアが開かないことを確認してから、貴也はエレベーターに乗りこんだ。

ヴィンセントへの罪悪感で胸が痛み、シャツの胸元を摑んで俯いた。もし、貴也が警察で保護してもらえれば、ヴィンセントもマフィアを相手に貴也を守る必要はなくなる。

彼も恩返しという重い荷を下ろせるのだと、自分に言い訳をした。

7

貴也の計画は順調だった。

フロントの男性従業員は愛想よくタクシーを呼んでくれ、ホテルから一番近い警察署がどこにあるかを教えてくれた。

タクシー運転手は、思いつめた顔をして警察に行こうとしている貴也をどう勘違いしたものか、料金をまけてくれたうえに、「元気を出しな、坊や」と励ましてくれた。

「ありがとう」

面食らったものの、貴也は礼を言って微笑んだ。

どんな勘違いがあろうと、彼は赤の他人である貴也を気遣ってくれている。優しい気持ちが嬉しかった。

警察署のなかに入り、まずは受付にいた女性警官に話を聞いてもらった。

祖父が事故に見せかけて殺されたこと、その後に家を荒らされ、貴也も拉致されそうになったこと。その理由にも心当たりがあり、被害事実を申告したいと言うと、内容が内容だったので初めは子どものいたずらかと疑われ、あしらわれて帰されそうになったが、必死の形相でまくしたてたのが功を奏したのか、こういった犯罪を担当している警察官に会えることになった。

席を外しているという担当者が帰ってくるまで、貴也は受付で三十分ほど待たされた。

女性警官には、マルコーニファミリーのボスが法に触れる行為をしている証拠画像を収めた記録メディアを、貴也が所持していることは言っていない。

受付までは誰でも入れるし、女性警官との話の内容も大声では話していないが、近くにいれば筒抜けだったからだ。警察官たちにも、警察を訪れている一般人たちにも。今の段階では、貴也のプライバシーはないに等しい。

待っている間は、緊張感と解放感が交互に訪れた。警察官がどういう対応をしてくれるかという不安による緊張感と、ここまで来たからには警察だって守ってくれるだろう、貴也一人の問題ではなくなるのだという重荷を下ろせる解放感である。

そして、ヴィンセント。無人の部屋に戻ったときの彼の失望と怒りを考えると、本当に申し訳なく思う。

貴也から彼に連絡を取るすべはもうない。警察の保護を受けるようになった貴也の安全を、彼ももはや気にかけることはないだろう。

感謝と謝罪と別れの言葉をメモに書いて、置いておけばよかったかもしれない。貴也が怪我ひとつなく、ここに来られたのは、ヴィンセントのおかげなのだから。

受付の横のドアが開いた。

出てきたのは背が高く、がっしりした体格の男性警官だった。髪は剃っていて、見るからに威圧感がある。

「タカヤ・イナミ？　こちらへどうぞ」

「……はい」

貴也は男性警官の後ろをついていった。

階段を上がり、小さな部屋に通され、ベン・アボットと名乗った警官と机を挟んで向かい合って座る。

「おじいさんの家を何者かに荒らされたって？　きみの自己紹介から頼むよ」

アボットに訊ねられるまま、貴也は自分の名前や日本の住所を告げ、受付の女性警官にも説明した祖父の件を、より詳しく語った。

といっても、殺し屋のヴィンセントがいろいろ調べ、貴也を匿ってくれていた、とは言えない。バリーやマットが抱えている問題については、生前の祖父から電話で話を聞いていたことにして、祖父の家に襲撃があった夜に財布だけを持って逃げだし、近くのモーテルに一人で隠れていたと嘘をついた。

話はかなり長くなり、女性警官のように疑われるのではないかと心配だったが、アボットは急かしもせずに、貴也が話す内容をすべて書類に書き入れてくれた。マフィアが絡んでいるという話を聞いても、いっこうに慌てない落ち着いた態度が頼もしい。

貴也はSDカードを取りだし、机の上に置いた。

「これが、祖父が預かっていた証拠の記録メディアです」

「なるほど。内容を確認してくるから、少し待っていてくれ」

「あの、かなり衝撃的な画像が入っているので、注意したほうがいいと思います」

長い指でカードを摘《つま》み上げたアボットは眉間に皺を寄せて頷き、部屋を出ていった。

貴也はため息をついて、緊張で強張っていた両肩を軽くまわした。話すべきことは話したし、話してはいけないことは隠しとおした。

辻褄が合っていなければ、供述の最中にアボットが突っこんで訊いてきただろうから、うまくいったはずだ。

アボットはなかなか帰ってこなかった。一人で確認しているのか、何人か集まって確認しているのかわからないが、画像を見た警察官たちは吐き気と闘っているに違いない。

三十分以上が経ち、ドアを開けて外の様子を見てやろうかと思ったとき、顔色の悪いアボットがようやく戻ってきた。

「カードを確認した。上司と相談したんだが、今回のきみの申告は隣の署と情報を共有したほうがいいということになった。マルコーニファミリーについては、うちよりも向こうのほうが詳しい。今年に入ってマルコーニのやつらが起こした事件の捜査本部があるんだ。時間は遅いんだが、今から俺と一緒に行ってくれるか？　向こうの担当刑事には話をつけてある」

アボットは椅子にも座らず、たたみかけるように言った。

「は、はい。それはもちろん」

貴也の訴えを聞き入れ、保護してくれるなら、どこの署でもかまわない。

入ってきたとき同様、貴也はアボットの後ろを歩いて建物の外に出た。さすがに、夜の帳《とばり》に包まれて真っ暗になっている。

パトカーが一台停まっていたが、アボットはパトカーを通り過ぎ、端に駐車してあったシボレーの後部座席に貴也を座らせた。覆面パトカーのようでもあり、アボットの自家用車のようにも見える。

「パトカーじゃないんですね」

若干心配になった貴也が言うと、アボットは軽い調子で答えてくれた。

「あっちに乗りたかったのか？　残念だが、あっちは使用予定があってな」

車は普通車でも、運転席のアボットは警察官の制服を着用している。

マルコーニファミリーの捜索隊が後部座席に座る貴也を偶然見つけたとしても、警官の乗った車を襲撃したりはしないだろう。

自分に言い聞かせて、貴也は背もたれに背中を預けた。

停滞していた物事が正しく動き始めている。貴也の訴えは認められ、祖父の残したＳＤカードは動かぬ証拠となってデナーロを追いつめるのだ。

ヴィンセントは決定的な証拠にはならないと否定的だったが、そんなことはなかった。

「署ではコーヒーも出してやらなかったな。疲れた顔をしてる。これでも飲みな」

赤信号で停まったとき、そう言ってアボットが差しだしたのは、ステンレスのポットに入ったコーヒーだった。

「まだ温かいはずだ。俺は今日遅番でな、出勤したばかりなんだ。コーヒージャンキーの俺のために、毎日女房が淹れて持たせてくれるんだよ」

「ありがとうございます」

受け取ろうか断ろうか迷っていた貴也は、女房が淹れて、のくだりを聞いて、アボットの厚意に与《あずか》ることにした。

ポットの蓋になっているコップを使い、一杯飲ませてもらう。ポットは満タンで、温かいというより淹れたてみたいな熱さである。

それに、ずいぶんと苦みの強いコーヒーだった。激務の警察官の眠気覚ましを兼ねているのかもしれない。

苦すぎるとも言えず、コップに注いだ分だけはなんとか飲み干した。

「ごちそうさまでした」

「ああ。ポットはそっちに置いといてくれ」

「はい」

貴也は背もたれに立てかけるようにポットを置いた。

車はいつの間にか、市街地から外れたところを走っている。隣接する地区の警察署へ行くのに、こんな道を通るのだろうか。

小さな疑問は、唐突に湧き起こってきた眠気に押し流された。眠くて眠くて、目を開けていられない。

ここのところ睡眠時間は不規則で寝不足ではあったが、こんなふうに眠気に襲われたのは初めてだ。苦いコーヒーを飲んだのに。頭がふわふわして、なにも考えられなくなる。

貴也はかくんと首を落とし、望まない眠りについた。


「ん……」

身体じゅうをべたべた触られる不快感で、貴也は目を覚ました。

頭が重く、糊で貼りつけたみたいになっている瞼を擦ろうとしたら、両手が動かなかった。両脚も揃えたままぴたりとくっついていて動かない。

車に乗っていたはずなのにと思った瞬間、一気に眠気が吹き飛んだ。身体の自由が利かないことに猛烈に焦り、何度も瞬きしながら目を開ける。

霞む視界で確認すれば、前にまわされた両腕は手首のところで、両脚も足首のところで革のベルトで拘束されていた。転がされているのは、革張りのベッドのような台だった。

「お目覚めかな、仔犬ちゃん」

「……っ！」

貴也は恐怖のあまり、悲鳴もあげられなかった。

画像でしか見たことのなかった変態性欲者の殺人犯が、貴也の顔を息がかかるほど近くから覗きこんできたのだ。

小太りで、頭のてっぺんの髪が薄い。エミリオ・デナーロは光沢のある高級そうなシャツに、折り目がくっきりついたズボンを穿いている。

笑みを浮かべて貴也を見つめるデナーロを睨みつけるだけの勇気がなく、視線をよそへと泳がせた。

そこはまったく見覚えのない、明るい小部屋だった。天井も壁も灰色のコンクリートが剝きだしで、無機質すぎて恐ろしい。

「私が誰だか、知っているんだね。そして、驚いている。怖くて声も出ないのかな。それもまぁ、仕方がない。信頼していた警官に裏切られたのだからね。コーヒーを飲んだだろう？　強力な睡眠薬入りの、きみのために作られたコーヒーを」

デナーロのしゃべり方は怯える貴也を完全におもしろがっていたが、上品ですらあった。ゆっくりと嚙み砕いて話し、貴也に自分の置かれている状況を理解させようとしている。

「……アボット」

裏切り者の名前を、貴也は小さく呟いた。

遅番だとか、あの熱くて苦いコーヒーを妻が作ってくれたという嘘を、まったく見抜けなかった。彼は最初からデナーロに貴也を引き渡すつもりだったのだ。

貴也の証言をもとに彼が書きこんでいた書類は、今ごろゴミ箱に捨てられているだろう。受付で話した女性警官が、連絡先もわからない貴也の身の上を親身になって心配してくれるとは思えない。

アボットはパトカーも使わなかったし、きっと、貴也が助けを求めて警察に駆けこんだ事実すら、なかったことにされている。

すべての警官が正義の味方ではないと言ったヴィンセントの言葉を、貴也は身をもって知ったわけだが、なにもかもが遅すぎた。

「彼だけが悪いわけではない。腐った警官はどこにでもいるものだよ。私はきみに感謝しているんだ、タカヤ。忌々《いまいま》しいバリーが盗みだし、我々が見つけられなかったものを、親切にも探して持ってきてくれたのだからね」

デナーロは指で挟んだSDカードを貴也に見せ、半分に割った。価値をなくした欠片が、床に落ちていく。

これが起死回生の一打だと思ったのに。

アボットは腐りきった警官だが、貴也も救いようのない馬鹿だった。愚かな自分のふるまいの代償を、これから強制的に支払わされるのだ。

「……っ」

血の気が引き、恐ろしさで奥歯がかたかたと震えた。

「データを見たそうだね。私の芸術作品はどうだった？　美しかっただろう？」

恍惚としているデナーロに、貴也はつかえながら言った。

「お、俺はもう二十歳、です……！　少、少年という年では、ありません……」

「たしかに、薹《とう》が立っているのは事実だが、年齢に関して厳密な規定を設けているわけではないのだよ。きみの肌は張りがあるし、小柄で顔立ちが愛らしい。私の愛を受けるに相応しい容姿だよ。私が選んだ下着がよく似合っている」

デナーロの視線に舐めまわされて、貴也はようやく、両手足を拘束されて転がされている自分の姿を見下ろした。

「……うぅっ！」

呻かずにはいられなかった。

貴也が着ていた服は靴下に至るまで脱がされ、代わりにキャミソールと両脇を紐で結ぶタイプの小さな女性用下着を穿かされていたのだ。

薄いピンク色のレースとシースルーの布地で作られた揃いの下着は、裸でいるのと変わらないくらいに肉体が透けている。

男の尊厳を打ち砕く死装束《しにしょうぞく》だ。悪趣味極まりない。

「芋虫のように横を向いていては見えないだろう。仰向きなさい」

「い、いやだ！　触るな、放せ……！」

貴也は不自由な身体でもがいたが、デナーロの力には敵わず、革張りの台の上に仰向きにさせられた。

手首は拘束されたまま頭上に引き上げられ、両脚は揃えて真っ直ぐに伸ばされて、それぞれ固定される。とてつもなく無防備だった。

デナーロは乱れてしまった下着を綺麗に直し、脇のテーブルの上に置いていたデジタルカメラで貴也をあらゆる角度から撮影した。

「やめて！　映さないで、やめて……っ！」

泣いていやがる貴也の顔も、デナーロは喜々として記録に残した。

「さっそくお楽しみといきたいところだが、きみには訊きたいことがある。ルイージ・アルジェントが死んだ夜から今まで、どこにいたのかね？　誰に匿われていた？」

「……っ」

貴也は咄嗟に顔を背けた。

「パスポート、財布、カード、きみの荷物はすべて回収した。金もなく車もないのに、一人で逃げまわれるわけがない。きみを匿っていたのは誰だ？　正直に答えないと痛い目に遭うよ？」

そんなのは嘘だ。

正直に答えようが黙っていようが、貴也は結局殺されてしまうのだ。最後にどんな姿を曝して死ぬのかは、ＳＤカードのなかの少年たちが教えてくれた。

口を噤んでいる貴也を見て、デナーロはため息をつき、罪で汚れきった手で貴也の身体を撫で始めた。

剝きだしの腕の内側、腋の下、へそ、腰骨、太腿の内側。デナーロはどこに触れれば一番嫌悪を感じるか、よくわかっている。

「きめ細かくて、手触りのいい肌だ。この色の白さは、切り裂いたときに噴きだす血の色に映えるだろう。さぁ、抵抗しても無駄なのはわかっているね？　さっさと言いなさい」

「……一人で逃げた。俺はずっと一人だった。財布は持っていけなかったけど、ポケットに現金を入れていたから、それで安いモーテルに身を隠して……」

「私は嘘がきらいでね」

「う……っ！」

キャミソールの上から乳首を力任せに抓《つね》られて、貴也は悲鳴を呑みこんだ。

「昨夜、きみはアルジェントの家に戻った。さっきのカードを見つけるためだ。家の見張り役の二人が縛られて意識を失っていたのも、きみの仕業だと言うつもりかね？　彼らは誰にやられたのかさえ、わからないと言っていた。気づいたら、バスルームで縛り上げられていたらしい。こんなに小さく華奢《きゃしゃ》な身体で、二人の屈強な男を瞬時に失神させられるだけの技術を、きみが持っているとでも？」

デナーロは優しい口調とは裏腹に、両手を使って貴也の乳首を捏ねまわし、指で挟んで強くつぶした。

「う、ううっ」

乳首が取れてしまいそうに痛くて、貴也は顔を歪めたが、ヴィンセントのことをしゃべるつもりはいっさいなかった。

たとえ貴也が殺されても、彼の名前だけは口に出してはいけない。ヴィンセントはデナーロも依頼したことのある殺し屋だそうだが、貴也を匿っていたとわかれば、今までどおりの関係を保ってはいられないだろう。

貴也を守ろうとしてくれたヴィンセントを、危険に曝すわけにはいかなかった。

「強情な。この可愛らしい乳首を、真っ赤に染めてやってもいいんだぞ」

デナーロは銀色に光るナイフを取りだし、貴也の頬にピタピタと当ててから、鋭い先端で乳首をつつく真似をした。

薄い下着はなんの防御にもならず、血こそ出ていないが、チクチクと小さな痛みが走る。

呼吸をして胸が上下すれば、ナイフの先が深く刺さりそうで、貴也は息を詰めた。身体の震えも止めたいけれど、恐怖による震えは自分の意思では止めようがない。

蒼褪《あおざ》めた貴也の顔を見ながら、デナーロはキャミソールを細かく切り裂き、露出させた乳首をナイフの平たい面で押さえつけた。

「……！」

金属の冷たさで、全身が総毛立つ。

「それとも、こっちを切り取って、きみを女の子にしてあげようか」

デナーロが操るナイフが乳首を擦りながら下がっていき、陰部をつついた。

布地の面積が小さすぎて、下着のなかにすべてが収まりきっていないし、性器は透けて丸見えも同然だ。いっそ全裸のほうがましだと思えるほどの、目を覆いたくなる格好である。

こんな変態的な格好をさせて凌辱し、傷つけながら息絶える姿を楽しむなんて、同じ人間とは思えない。

貴也は涙で濡れた顔を拭いもできずに、デナーロを睨みつけた。

「俺はずっと、一人だった。何度訊いても答えは同じだ。おじいちゃんを殺したみたいに、さっさと殺せばいい……！」

この男は祖父の仇《かたき》でもあるのだ。一矢を報いることもできず、祖父が隠したカードさえ無駄にした後悔がそう叫ばせた。

「さっさと？　そんなもったいないことはしない。バリーにデータを盗まれて以来、私は落ちこんでね。趣味も控えるようになったんだ。今日を記念すべき再開の初日にしたいのだが、きみの仲間が誰かを知るまでは、まだ安心できない。警察に助けを求めたのは仲間の指示かね？　そいつは今、どこにいる？」

「仲間はいない」

「本当に強情だ」

「……ひっ」

デナーロに性器を握りこまれ、貴也は引きつった声を出してしまった。

「いい声が出せるじゃないか」

気をよくしたデナーロはナイフを脇に置き、貴也の陰部を両手でもてあそび始めた。下着の上から形をなぞったり、爪先で引っ掻いてみたり、手のひらですっぽり覆って揉みこんだり、休む間もなく好き勝手に扱っている。

涙さえも乾くほど、気持ちが悪かった。

貴也はセックスの経験がない。女性とつき合ったこともなく、キスすらしたことがなかった。自慰はさすがにしているので、性欲や射精の快感は知っているが、未経験の肉体を殺人鬼に乱暴に触られても痛いだけである。

声を出せばデナーロを喜ばせると思い、奥歯を噛み締めた。強く噛みすぎて、歯軋《はぎし》りの音が無機質な部屋に響く。

「お前を匿っていたのは誰だ？　アルジェントの家に侵入してきたときの手際といい、ただものでないのはわかっている。どこで知り合った？　金で雇った用心棒か？」

無言で抵抗する貴也に、デナーロはいやな笑みを浮かべた。これ見よがしにペロリと舌を出して、唇を舐めている。

デナーロの頭が沈み、股間に温かいものが張りついた。

「……っ、い……、あーっ！」

自分がなにをされているか悟った瞬間、貴也は堪えきれずに叫んだ。

精一杯腰を捩《よじ》ったが、デナーロの顔は離れない。貴也の陰茎が下着ごとすっぽりと口に含まれ、舌で舐められていた。

初めて味わう異様な感覚に、背筋が仰け反った。

「いやっ、いやだ……！　放せっ、やぁ……っ！」

ねちっこい舌遣いに、あろうことか仄《ほの》かに快感らしきものが走り、貴也はうろたえた。こんな男で反応するなんて、死んでしまいたい。

デナーロはじゅぶじゅぶといやらしい音を立てて貴也の陰部を吸いしゃぶり、少し硬さが出てくると、容赦なく歯を立てた。

「ああっ！　い、いたいっ！　いや、いたい……っ！」

激しい痛みと、噛みちぎられてしまうのではないかという恐怖心が、貴也に喉が嗄《か》れるほどの悲鳴をあげさせた。

全身で暴れても、拘束された手足は動かせない。意識が遠のきかけると、咀嚼《そしゃく》するように歯が動き、新たな苦痛によって意識を繋ぎ止められる。

さんざん貴也を叫ばせておいて、デナーロは顎から力を抜いた。

食いこんでいた歯が離れ、じんと性器が疼《うず》く。貴也は浅く忙《せわ》しない呼吸を繰り返した。

「名前を言え。どういう方法で雇った？」

「俺は、ひ、一人で逃げた……っ！　やっ、あぁー……っ！」

同じ責め苦がまた始まった。

激痛のあとでは、どれだけ念入りにしゃぶられても毛の先ほどの快感もない。痛みだけは何度噛まれても新鮮で、貴也は拘束具を引きちぎらんばかりに暴れ、泣きじゃくった。

頭が次第にぼうっとしてきたが、それでも、ヴィンセントの名前だけは出さないと折れそうな心に誓う。

彼は正しかった。警察なんてアテにならない。ＳＤカードのなかの少年たちのように、貴也も切り刻まれて殺されるのだ。

恐怖で吐き気がする。

「可愛らしい顔になってきたじゃないか。泣きじゃくってこそ、少年は美しい。……どこから切っていこうか」

デナーロが再びナイフを手にして、貴也の身体にまとわりついている下着の紐を切って取り払い、全裸にした。

貴也は目を閉じた。

もはや生き延びられるとは思わなかった。一秒でも早く祖父が――母も一緒に――迎えに来てくれることを祈るのみである。

ピタピタと頬を叩いたナイフが鎖骨に当てられたとき、遠くでドンという轟音がして、コンクリートの小部屋が揺れた。

「なんだ?」

デナーロは機敏に動き、ひとつきりしかないドアを開けた。

見張りに立っていた男の姿が、首を起こした貴也の視界に入る。男は携帯電話を耳に当てているが、話し声は聞こえなかった。

「なにをしている!　繋がらないのか」

苛立ったデナーロが叱責した。

「申し訳ございません。サンドロに連絡を取っているのですが、応答しません。倉庫のほうでなにかが起こっているようです。ここを離れたほうがいいかと」

男が進言している間も、爆発音のような激しい音が連続して響いている。

デナーロの決断は早かった。

「私は先に行く。お前は仔犬を地下Bへ運べ。傷つけるなよ」

男の返事も聞かずに、デナーロは小太りの身体を揺すって走り去った。

絶体絶命の危機は去ったものの、見逃してはもらえないらしい。仔犬とは貴也のことで、地下Bがどこだが知らないが、ろくでもない場所なのは決まっている。

「……助けてください、お願いします」

貴也は涙ながらに、掠れた声で訴えた。

しかし、男の目を見れば、哀願など無意味だと悟らざるを得なかった。自らのボスがなにをしているか知っていながら、なにも心に感じることがない冷めた目をしている。

この男は骨の髄までマフィアの犬なのだ。

男が両脚を固定しているベルトに手をかけたのと、パンッという聞き慣れない音が聞こえたのは同時だった。

男の身体が、糸が切れた人形みたいに崩れ落ちた。

ドアから新たに入ってきたのは、黒づくめの男だった。体格からしてヴィンセントだと思ったけれど、髪型も髪の色も違う。

サングラスをかけていて顔がわからず、唯一確認できる顎のラインと鼻の形も、ヴィンセントとは違っている気がする。

謎の侵入者は音も立てずに室内に入り、貴也の身体から血が流れていないのを確かめ、拘束具のベルトをすべて外した。

「間に合ってよかった、タカヤ。怪我はしていないか？」

ヴィンセントの声だった。

貴也は問いに頷くのみで、呆然としながら彼に助けられて身体を起こした。どうしてここへ来れたのかとか、別人みたいに見えるわけを訊きたかったが、言葉にならない。

「話はあと、逃げるのが先だ」

ヴィンセントはジャケットを脱いで、貴也の裸の肩にかけてくれた。下肢は隠れないけれど、全裸よりははるかにいい。

床に目をやれば、見張りの男が額に開いた穴から血を流して事切れている。貴也を見殺しにしようとした男に、同情など湧きもしない。

ジャケットを着こんだ貴也を、ヴィンセントがまるで米俵《こめだわら》でも担ぐように、左肩にひょいと抱き上げた。

「う、わっ」

前のめりになった貴也は、ヴィンセントの黒いシャツの背中部分を摑んでバランスを取り、自分の体勢に気づいて赤面した。

剝きだしの尻と、ヴィンセントの顔がくっついているのだ。

さらに、不安定な貴也を支えるために、その尻を革手袋を嵌めたヴィンセントの手がしっかりと抱え、押さえこんでいる。

「お、下ろしてください。俺なら一人で歩けます！　あなたの足を引っ張ってしまう」

貴也はヴィンセントの背中で叫んだ。

恥ずかしさもあったが、忍びこんだマフィアのアジトらしきところから、重い荷物を一人抱えて逃げだすのは無謀だ。危険度が上がるだけで、いいことはひとつもない。

そう思って言ったのに、ヴィンセントは取り合ってくれなかった。

「お前を裸足《はだし》で歩かせることはできない。苦しいだろうが、少しの間我慢してくれ」

「でも」

「時間がない。行くぞ」

ヴィンセントが部屋を出て、走りだした。

黙って従うのが、彼の邪魔をしない最善の方法だろう。貴也は身体をくの字に曲げたままヴィンセントに体重をかけないよう、全身に力を入れた。

ヴィンセントの足は速かった。足音を極力立てず、窓のない薄暗い電球が灯った通路を走り抜け、階段を下りる。

貴也は頭を浮かせて、敵がいないか周囲を探った。さすがのヴィンセントも三百六十度の視界はないから、今だけでも彼の背中の目となり、役に立ちたかった。

迎えに来るときにヴィンセントが撃ったのか、通路にはマフィアの一員と思しき男たちの死体が、ところどころに転がっている。

ヴィンセントのシャツを摑む貴也の手に、いっそう力がこもった。

銃殺死体を見るのは怖い。人間として当然の感情であろう。しかし、それをやってのけたヴィンセントに対する恐怖は、微塵もなかった。

彼は貴也を助けるために、人を殺してくれたのだ。報酬もなく、彼の言うことを聞かずに勝手に出ていった貴也のために。

ただひたすらに、ありがたかった。

彼が来てくれなければ、貴也は今ごろ切り刻まれ、惨《むご》い屍《しかばね》を写真に撮られていた。死に至るまでに、筆舌に尽くしがたい苦痛を味わわされて。

「おい、そこのやつ！　止まれ！」

外に出たとき、ついに誰何《すいか》の声が飛んだ。

ぽつんぽつんと灯っている外灯の明かりは不充分で、敵か味方かよく見えていないらしい。

「左から三つめの窓の前に立ってる！」

貴也が言い終えるのを待たずに、ヴィンセントが振り向きざま引き金を引いた。かなりの距離があったが、男は悲鳴をあげることもなく倒れた。

生前に叫んだ声が仲間を引き寄せたのか、男たちが駆け寄ってくる足音が聞こえる。流れてくる空気は焦げくさく、奥のほうの建物が崩れて火の手が上がっていた。

部屋にいるときに聞こえた轟音は、あれが爆破された音だったのだろう。きっとヴィンセントがやったに違いない。

「あの男だ、逃がすな！　撃ち殺せ！」

怒号と銃声が響き、銃弾が近くの地面を抉った。ヴィンセントも撃ち返し、確実に敵を倒してはいるが、相手の数が多すぎる。

ヴィンセントは建物の陰にまわってしゃがみこみ、貴也を肩から下ろした。

「タカヤ、あそこに停まっている車が見えるな?　一人で走れるか」

「もちろん」

「俺が三発撃ったら、走れ。先に乗って待っていろ。すぐに行く」

「はい!」

カウントダウンのようにヴィンセントが三度発砲すると、敵からの射撃音が途切れ、その隙に貴也は車まで一目散に駆けだした。

後ろは振り向かなかった。貴也が余計なことを考えてぐずぐずしている間に、ヴィンセントが危険に曝されるのだと、もう理解している。

再び響き始めた銃声を背に、永遠のように長く感じられた道を走り、後部座席のドアを開けて車内に滑りこんだ。

外の様子は気になるが、窓から顔を覗かせるような愚かな真似はしない。すぐに行くと言ったヴィンセントは、それほどすぐには来なかった。

やきもきしながら、身を伏せてじっと待つ。やがて銃声がやみ、ヴィンセントが運転席に飛びこんできた。

エンジンのかかった車は急発進し、マフィアのアジトから逃げだした。

8

幸いにも追ってくる車はなかったけれど、アジトを爆破され、貴也を奪われて怒ったデナーロが、すぐさま追手を差し向けるのはわかりきっている。

デナーロの当初の目的だったSDカードはすでに破壊されたのだから、見逃してはもらえないだろうか。

いや、マフィアがそんなに甘いわけがない、などと貴也が自問自答していたとき、ヴィンセントが言った。

「足元にお前のバッグがあるだろう。服を着るといい」

「は、はい」

貴也は慌てて足元に目をやった。

今まで気づかなかったが、貴也がホテルに残してきたバッグが、ヴィンセントのバッグと並べて置いてある。開けて見ると、着替えや靴はもちろん、キルティングの袋と祖父の馬の小物入れもちゃんと入っていた。

ホテルを出る前の、過度に警察に期待して浮かれていた自分を思い出す。

「あの……、ごめんなさい。勝手なことをして」

後部座席でもそもそと服を着ながら、貴也はヴィンセントに謝った。

デナーロに生きながら切り刻まれる運命から脱することができたのは、ヴィンセントのおかげである。

自分の浅はかさが恥ずかしかった。ヴィンセントは貴也を裸足で走らせたくないくらいに心配してくれているのに、彼の信頼を裏切った自分が情けなくてしようがない。

せっかく見つけたSDカードも失ってしまい、貴也のしたことはヴィンセントを危険に曝し、人殺しをさせただけだった。

「謝らなくていい。お前の立場になれば、誰でもお前と同じことをするだろう。俺のバッグを開けて、タオルを取ってくれ」

「はい。これでいいですか？」

貴也はヴィンセントのバッグからタオルを一枚取りだして渡した。

なにをするのかと見ていたら、彼はそのタオルを左手で持ち、右胸の下あたりを押さえた。ハンドルを握っているのは、右手一本である。

ヴィンセントの長袖シャツも手袋も黒く、車内も暗すぎてよく見えないが、鉄の混じった臭いが貴也の鼻腔を刺激した。気のせいではない。

ヴィンセントが怪我をしたなら、それは銃弾による傷しか考えられない。貴也は動揺し、後部座席から身を乗りだした。

「……怪我をしたんじゃないですか？　血の臭いがします」

「銃弾が掠っただけだ。大騒ぎするような怪我じゃない」

「でも、車を停めて手当てしたほうがいいです。ここまで来たら大丈夫だと思います。不審な車も見当たらないし」

貴也はおろおろしながら言った。

タオルで押さえるほどの出血があるなら、傷も相当深いだろう。ヴィンセントは平然としているが、痛みもあるに違いない。

「こんなところでは停められない。もう少し距離を稼がないと」

「せめて、止血だけでも」

「今やってる。それほど深くはないんだ。こうして押さえておけば、血は止まる」

怪我をした当の本人にそう言われ、納得いかないまま引き下がりかけた貴也は、ヴィンセントの右腕の袖が破れているのを発見した。

見間違いかと思ったが、何度見ても破れている。その右腕の肘から、ぽたっとなにかが滴《したた》り落ちた。

滴《しずく》の正体など、ひとつしかない。

「……血が出てる！　右腕も押さえなきゃ……！」

貴也はもう一枚タオルを取りだそうと、バッグに手を突っこんだ。

「気づいていても、見て見ぬふりをするのが優しさというものだ。俺が二ヶ所もヘマをしたことを、大きな声で指摘しないでくれ」

ヴィンセントの言葉に貴也は目を剝いた。

「くだらない冗談はやめてください！」

「……冗談ではないんだが。おい、なにをしてる」

タオルを持ち、運転席と助手席の間を通り抜けて助手席に座った貴也に、ヴィンセントは珍しくぎょっとしていた。

「俺も止血を手伝います」

「かまうな。俺に触るんじゃない」

「どうして？　俺が素人《しろうと》だから不安ですか？　でも俺、日本で応急処置に関する講習は受けたことがあるんです」

「違う、そういう意味ではない。触ったら……汚れてしまうだろう。俺の血で、お前の手が」

信用してもらおうと、必死に言い募っていた貴也の口がぽかんと開いた。ヴィンセントの横顔を見つめる眉間に皺が寄っていく。

貴也を大事にしてくれようとする気持ちはありがたいが、これはちょっと度が過ぎている。前にも、人殺しの手では触れられないと貴也との接触を避けていたことがあったし、彼のなかの貴也はかなり無垢《むく》な存在に位置されているらしい。

なぜそんなことになっているのだろう。貴也は普通の大学生で、高潔な人間ではない。

「汚れるって、俺のせいで流した血でしょう。洗えば落ちるし、俺はそんなこと気にしない。どうやって止血するのが一番いいか、教えてください」

貴也は決然と言った。

怪我をしている右手一本でハンドルを握っているのに、そこに強引に触れて、運転を危うくさせるのは本意ではない。

しかし、だが、それでも、などとヴィンセントは往生際悪く渋っていたが、一言ごとに険悪になっていく貴也の表情を見て、ついに年貢を納める気になったようだった。

「では、お前が持っているタオルを細く裂いて、腕に巻けるようにしてくれ。バッグのポケットにナイフが入ってる」

「わかりました」

貴也はヴィンセントの指示に従い、包帯状のタオルを作り、残った部分を患部を覆うくらいの大きさにたたたんだ。

そこまで準備ができると、ヴィンセントの左手と持ち場を交替する。貴也は胸に当てられ、血の滲んだタオルが外れないように押さえ、ヴィンセントは貴也がたたんだ新しいタオルを使って右腕の患部を押さえた。

数分後に、ヴィンセントが申し訳なさそうに頼んだ。

「さっきの細長く切ったタオルを、この上から巻いてくれないか」

「はい」

再び持ち場を交替し、胸のタオルをヴィンセントが押さえ、貴也はヴィンセントの右腕にタオルを巻いた。

「……これくらいでいいですか？　きつくない？」

「ちょうどいい。ありがとう」

礼を言われて、消えてしまいたいほどの羞恥に見舞われたのは初めてだった。

触れたシャツは血で湿っていた。シャツの色が白かったら、きっと真っ赤に染まっているのが視認できただろう。

貴也の愚《おろ》かさの代償を、ヴィンセントが払ってくれているのだ。銃弾で抉られるという、重い代償を。

罪悪感に苛《さいな》まれ、のたうちまわりたい衝動に駆られる。

彼に不満を抱いていた昨日の自分を殴ってやりたかった。ヴィンセントと同じだけの苦痛を、自分も味わいたい。

「そんな顔をするな。もう少し走ったら、車を乗り換える。念のために、後ろに戻ってウィッグをつけろ」

「この車を捨てるんですか」

「乗り捨てのレンタカーだから、連絡しておいた場所に置いておけば、レンタル会社が取りに来るんだ」

ヴィンセントの用意周到さに、貴也は舌を巻いた。

レンタカーは当然偽名で借りているだろうし、デナーロの部下たちがこの車を覚えていて、見つけたとしても、ヴィンセントにはたどり着けない。

貴也は後部座席に移ってウィッグを被った。

車の乗り捨て場であるパーキングエリアに到着すると、貴也はまずトイレの手洗い場まで走ってタオルを濡らし、血がついたシートやハンドルを綺麗に拭った。ヴィンセントは自分でやると言ったが、怪我人にそんなことはさせられない。

血痕が残っていないか、ヴィンセントが最終チェックをして、二人は荷物を持って黒いフォードに乗り換えた。

この車もレンタカーなのかもしれないと思ったが、貴也は訊かなかった。誰の車であっても、デナーロに見つかれば捨てざるを得ないのだから。

免許を持っていない貴也には、運転を代わることもできない。いろんな面で、今日ほど自分の無力を実感した日はなかった。

ハイウェイをひた走り、ヴィンセントが向かったのは第二の隠れ家だった。

最初に匿われていた郊外の一軒家と違い、市街地のアパートメントである。レンガ色をした四階建の洒落《しゃれ》た建物で、ドアマンはいない。

ヴィンセントはジャケットを肩に羽織る形で、腕と胸のタオルを隠していた。平然としているけれど、右腕はだらんと下がり、力が入らないようだ。

ちょうど夜が明けてきたころで、早朝のジョギングや犬の散歩に出かける人と擦れ違うかもしれないと緊張していたが、駐車場から最上階の部屋に着くまで、誰とも会わなかった。

近代的なデザインの室内は、ソファやタンスなどの家具は揃っているものの、生活臭は感じられない。

リビングに置かれている焦げ茶色のふかふかしたソファに座ったヴィンセントに、貴也は声をかけた。

「あの、馬鹿なことを言ってたらごめんなさい。病院に行ったほうがよくないですか？」

身分証などを用意し、貴也を別人に生まれ変わらせることも可能だと言っていたので、ヴィンセント自身も、きっと一般人を装った偽りの身分証を持っているのではないかと思ったのだ。たとえば、レンタカーを借りるときに使用するような。

「これくらいの傷なら、自分で縫えるから心配するな。破傷風のワクチンもまだ効いてる」

「じ、自分で、ぬ、縫う……？」

驚いて、壊れたレコーダーみたいな返事をしてしまった。

「何度かやったことがある。駆けこめる医師がいない国で仕事をして、負傷したことがあってな。あのときに比べればなんてことはない。救急キットもあるし」

貴也を安心させようとしているのか、ヴィンセントはクロゼットのなかから救急箱を取りだしてみせた。

外で転んで擦り傷を作った子どものために、母親が出してくるような救急箱だ。銃創手当てに充分な効果を発揮してくれるキットには見えない。

詳しい手順としては、止まっている血がまた流れることになろうとも、傷口を洗い流して消毒し、麻酔と鎮痛効果のある薬品をスプレーして患部を縫い、抗生物質を塗りこめばいいらしい。

聞いただけで、気が遠くなりそうな作業である。

「俺に手伝えることはありますか？」

「気持ちだけもらっておく。お前も疲れてるだろう。シャワーを浴びるなり、休むなりするといい。あっちのドアがバスルーム、そっちのドアが寝室だ。家にあるものは好きに使ってくれてかまわない」

「あなたの手当てが先です！　俺のことは放っておいて、するべきことをしてください。お願いだから、早く手当てをして！」

あくまで貴也を優先しようとするヴィンセントに、貴也のほうがたまらなくなって叫ぶと、ヴィンセントはようやく救急箱を持って、バスルームに入っていった。

貴也はヴィンセントが座っていた場所に腰を下ろし、彼のことを考えた。

右腕を負傷しているのだから、少なくとも、右腕の縫合は左手でするしかない。銃は右手で撃っていたので、ヴィンセントは右利きだろう。

今からでもバスルームに行って手伝うべきではないかと思ったが、不器用な貴也の震える右手より、ヴィンセントの左手のほうがスキルは高い気がする。手伝いたい気持ちがあり余るほどあっても、結局邪魔することしかできないなら、それはただの迷惑行為だ。

貴也が悶々と悩んでいる間に、ヴィンセントがバスルームから出てきた。

黒いスウェットパンツを穿き、上半身は裸だった。胸と右腕には薄いガーゼがテープで張りつけられている。

「痛くないですか？　うまく縫えた？」

「ああ。問題ない。お前はどうだ？　外傷はないようだが、どこか痛むところはあるか？」

「ありません。あなたのその傷ですけど、包帯を巻いたほうがいいと思います。テープだけだとガーゼが外れそうだから」

「外れたらまた貼り直す」

「駄目です。俺がやるから、座ってください」

貴也はヴィンセントが持っていた救急箱を受け取ってテーブルの上に置き、包帯を取りだした。怪我にも手当てにも慣れているのかもしれないが、無頓着すぎて怖い。

突っ立ったままぐずぐずしているヴィンセントの左腕を引っ張って強引にソファに座らせ、まずは右腕を巻き、胸の下はずり落ちたりめくれ上がったりしないよう、左肩にも包帯をまわして巻いた。緩すぎず固すぎず、適度な強さを見つけるのが難しい。

なんとか形になったので、貴也はほっとした。

余った包帯を巻き戻しながら、目が合わないようにヴィンセントを見た。彼の肉体は筋肉質で、力強さに溢れている。綺麗に割れた腹筋は羨《うらや》ましいかぎりだ。

どれだけ鍛《きた》えれば、これほど見事な肉体を作れるのだろう。

滑らかな肌には、ところどころ傷跡があった。一番大きいものは左脇腹で、斜め横に十センチ近い縫合痕が残っている。

貴也は無意識に手を伸ばし、盛り上がったりへこんだりしている傷跡を指でなぞった。

「これ、どうしたんですか？」

「……十年以上前の古傷だ。仕事で失敗して刺された」

「痛かったでしょうね」

「死を覚悟したほどには」

「今日の傷より痛かった？」

「比べものにならない。今日のは掠り傷だ。お前が手伝ってくれて助かった」

白い包帯に目をやって、貴也は顔をしかめた。逞しくも美しいヴィンセントの身体に、傷を増やしてしまったのだ。

「包帯を巻いただけです。助けてもらうのは、いつも俺のほう。本当にごめんなさい。謝ってすむ問題じゃないけど。今日ほど自分を馬鹿だと思ったことはなかった……」

「自分を責めるな。疲れた顔をしてる。今日はもう休め」

ヴィンセントがそっと左手を持ち上げ、貴也の頬を包むように当てた。

沁みこんでくる温かさにほっとしつつ、疲れが急速にのしかかってくるのを感じて、細く長く息を吐く。

怪我こそしていないが、デナーロに捕まり、ナイフを突きつけられて嬲《なぶ》られた。残虐な行為を楽しむデナーロの顔を思い出すと、吐き気がする。

「……シャワーを借りても、いいですか」

「ああ。俺の助けが必要なときは、呼んでくれ」

「大丈夫です。俺のことは気にせず、あなたも休んでください」

貴也はヴィンセントの手から逃げるように、腰を上げた。

デナーロに触れられたところを早く洗い流したくて、それと同じくらい、ヴィンセントに抱き締められ、もっと大きな温もりを感じたくなってしまったのだ。貴也はもう、ヴィンセントの懐がこの世で一番安全な場所だと知っている。

彼を危険に曝してそれを知り、さらに甘えたくなるなんて、自分勝手で最低な人間だ。生き残れたのは運がよかっただけで、ヴィンセントは死んでいたかもしれないのに。

貴也はとぼとぼとバスルームに向かい、ボディシャンプーで念入りに身体を洗った。拘束された手首と足首に軽い擦過傷があり、最初は沁みたが、そのうち気にならなくなった。

熱いシャワーを浴びてさっぱりすると、貴也はバスローブを借りて、使えと言われた寝室に向かった。疲れていて、髪を乾かす気力もない。

途中で覗いたリビングにヴィンセントの姿はなく、説明されなかったもうひとつの部屋のドアが十センチほど開いているので、そこにいるのだろうと思われた。

彼のそばに行きたい気持ちを抑え、ベッドに潜りこむ。午前八時半は眠り始めるのに最適な時間ではないが、部屋のなかは遮光カーテンが引かれて薄暗い。

何度か寝返りを打ったあとで、貴也は深い眠りに落ちた。


目が覚めたのは十二時間後だった。

暗がりで明かりのスイッチを探し、ベッドサイドの時計を見たら、寝る前と針の位置が変わっていないので混乱したが、すぐに現状は把握できた。

よく寝たせいか、頭も身体も軽くなっている。現金にも空腹を覚え、貴也は寝乱れたバスローブを着直し、ベルトをしっかり結んだ。ヴィンセントの身長に合わせたものだから、貴也が着ると足首まで届いているのだ。

リビングには明かりがついていて、眠る前には開いていたヴィンセントがいると思しき部屋のドアは閉まっている。

貴也はキッチンで見つけたシリアルとミルクで腹を満たすことにした。家主に黙って食べることに罪悪感はあったが、空腹は耐えがたかった。

それに、もしヴィンセントが眠っていたら、起こすほうがもっと悪い。

空っぽだった胃を驚かせないよう、ゆっくりと嚙んで飲みこむ。時間をかけた食事が終わっても、ヴィンセントは部屋から出てこなかった。

寝室に戻ってまた眠る気にもなれず、リビングのソファに座ってじっとしていると、かすかに唸り声のようなものが聞こえてきて、貴也は耳を澄ませた。

途切れ途切れに、苦しげな声がたしかに聞こえる。

心配になって、貴也はヴィンセントの部屋のドアを小さくノックした。

「……ヴィンセント、ヴィンセント?」

控えめに呼びかけてもみたが、返事はない。

ドアノブをまわすと、簡単に開いた。恐る恐る覗いた部屋は、最小まで絞られた照明のおかげで真っ暗ではなかった。

ベッドにはシーツを被ったヴィンセントが横たわっている。もう一週間ほど一緒にいるが、彼が眠っているところを初めて目にした。

ヴィンセントが呻き、貴也はベッドに駆け寄った。

「ヴィンセント、大丈夫？　苦しいの？」

小声で話しかけながら覗きこんだヴィンセントは、目を閉じて顔を歪めていた。額や首筋に汗が流れている。

触れてみたら、熱かった。意識があるとは思えない。

貴也はバスルームに飛んでいき、冷たい水で絞ったタオルを二枚用意した。一枚をヴィンセントの額に載せ、もう一枚で汗を拭いてやれば、心地よさそうな吐息を漏らし、忙しなかった呼吸が少し落ち着く。

傷口から出血していないか確かめようとシーツをまくったら、ヴィンセントの上半身は裸だった。きっちり巻いたつもりの胸の包帯はずれていたが、下のガーゼに薄く血が滲んでいる程度で、新たな出血はしていないようだ。腕の包帯は白いままである。

どこもかしこも熱くて、濡らしたタオルはすぐに温かくなってしまう。キッチンへ行って冷凍庫の扉を開けたら、予想どおり中身は空だった。

アイストレイに水を入れて固まるまで待つしかない。

ベッド脇の棚の上には、いくつか服用したあとの鎮痛剤のシートと、水が半分ほど入ったコップが置いてあった。

ヴィンセントはいつから発熱して、あんなふうに呻いていたのだろう。

銃で撃たれた傷を医師にも見せず、設備もないバスルームで縫っただけで、なんの支障もなく元気でいられるわけがない。

破傷風のワクチンは効いていると言っていたが、ほかの感染症にかかる危険だってある。

「馬鹿か俺は！　無神経で、役に立たない。考えるのは自分のことばっかり、ヴィンセントがロボットだとでも思ってたのか。ほんと最低だ！　一人で半日も呑気に眠って、腹まで満たして、なにやってるんだ、俺は！」

タオルを絞りに行ったバスルームで、貴也は自分を罵《ののし》った。

貴也にできることがそれくらいしかないというのが、いっそう情けなかった。ヴィンセントの救急箱をあさって解熱剤を見つけたものの、先に服用している鎮痛剤と併用していいのかがわからない。

無知の無力感が貴也を打ちのめした。

貴也はヴィンセントのベッドの脇で、邪魔にならないよう床に座りこみ、定期的にタオルを取り換え、汗を拭った。氷が固まり、タオルの冷却機能がアップすると、苦しげに寄せられていた眉間の皺が薄くなった。

少しでも楽になってほしい。

汗は掻くのに唇が乾いていて、貴也はコップの水に浸した指先で、ヴィンセントの唇をなぞって濡らした。

上半身を何度も拭かれ、唇を触られても目を覚まさない。それだけ弱っているのだ。

目の奥がつんと痛み、貴也は涙ぐんだ。

「ごめんね、ヴィンセント。俺のせいで、ごめんなさい……」

ヴィンセントはつねに貴也を気遣い、休ませようとしてくれていたが、本当に休息が必要なのは彼のほうだった。彼の強さに甘えすぎていた。

泣いたってどうにもならないのに、涙が溢れてくる。

ベッドの端に顔を伏せ、声を押し殺していた貴也の頭になにかが触れた。

「……ヴィ、ヴィンセント？」

顔を上げると、ヴィンセントが貴也を見ていた。

表情はぼんやりしていて、瞳は発熱で潤んでいる。ヴィンセントの顔が見慣れた形に戻っていることに、今さらながらに気がついた。

髪はブラウンのままだが、顔の輪郭や鼻の形は、金髪だったヴィンセントのものである。これが本物の変装というものなのだろう。

貴也にさせたようにウィッグや眼鏡でなく、顔立ちから変えてしまうのが万一に対する備えで、用心深さを怠れば死に近づく世界で彼は生きている。

ヴィンセントはシーツのなかから左手を出し、貴也の涙を親指で拭った。

「泣くな、俺の天使。俺が命にかえても守ってやる」

ヴィンセントの愛しげな囁きに、貴也はどう反応すればいいのかわからなかった。まるで恋人に対する言葉に思えたのだ。

後頭部にまわされた手に引き寄せられるまま、ヴィンセントに顔を近づける。

もともと距離は近かった。あっという間に端整な顔が目の前に迫り、ヴィンセントの上に倒れこんでしまわないよう、ベッドに手をついて身体を支える。

「タカヤ」

貴也の名前の形に動いている唇に、貴也の唇がくっついた。

「……！」

貴也は目を見開き、身を乗りだした中途半端な格好で固まっていた。

ファーストキスだった。心の準備もなにもできていない。貴也が水で濡らしたせいか、ヴィンセントの唇はしっとりしていた。

ヴィンセントは貴也の頭を抱え、小鳥のように優しく啄《ついば》んでくる。

頭で考える前に、貴也はそれに応えていた。

驚いたけれど、いやではなかった。貴也を引き寄せたヴィンセントの手は強引ではなかったし、振り払って逃げようと思えば簡単にできた。

口づけの合間に、ヴィンセントが囁く。

「タカヤ、泣かないでくれ。俺が一緒にいる。俺が守ってやるから……」

ヴィンセントにはっきりした意識があるとは思えない。

だが、それが彼の本心なら嬉しかった。独りぼっちが寂しくて、誰でもいいからそばにいて守ってもらいたいのではない。

ヴィンセントだから、嬉しく思うのだ。

「んっ……、ぅ、ん……」

貴也はヴィンセントの真似をし、唇を軽く吸っては舌で舐めた。くすぐったくて、甘い気持ちで満たされる。

正気でないヴィンセントもとても満足そうで、右腕まで伸ばして貴也を抱き締めてきた。動かせるようになったのなら、安心だ。

ヴィンセントにのしかからない体勢を保つのはつらく、突っ張っている腕も踏ん張っている脚もぷるぷると震えてくる。限界が来て、いったん離れようとしたが、ヴィンセントが許してくれなかった。

「あ、あの、ヴィンセント……」

「俺から離れるな」

そんなことを言われたら、離れられない。貴也はヴィンセントに引っ張られるままベッドに乗り上がり、シーツのなかに引きずりこまれ、懐にしまいこまれてしまった。

負担にならないよう、傷のない左腕にちょこんと頭を載せている貴也の背中を、ヴィンセントは何度も撫でてくれる。

その感覚には覚えがあった。

祖父の家から逃げだした日の夜、いつしか眠ってしまった貴也を優しく包んでくれていた温もりと同じだった。

あれはヴィンセントだったのだ。穏やかで気持ちよくて、とても安心していた。

あの夜、ヴィンセントは貴也をベッドに運び、貴也が少しでも安らいで眠れるように、添い寝をしてくれていたのだろう。

貴也が眠っているときか、ヴィンセントの意識が混濁しているときでないと、彼は貴也に思いきり触れられないらしい。貴也がいやがったり、怒ったりすると思っているのかもしれない。

無表情は無感情とは違う。ヴィンセントの心の動き、なにを考えているか、貴也をどう思っているのか知りたくなった。

貴也を抱き締めたままヴィンセントは眠り、何度か起きたが、腕のなかに貴也がいることを確認すると安心し、顔中にキスをしてきた。

「ああ、ちゃんとここにいた。可愛いタカヤ……昔のように笑ってくれ」

「……昔？」

貴也は思わず訊き返した。

「俺の天使」

それは二度目の呟きだった。ヴィンセントは夢うつつのようで、自分がなにを言っているのかわかっておらず、貴也の問いも理解していない。

昔だの、天使だの言われても、貴也にはわけがわからなかった。祖父の家の勝手口から入ってきたときが初対面だと思っていたが、違うのだろうか。

幼いころの記憶を手繰ろうとした貴也に、ヴィンセントはキスの雨を降らせて邪魔をした。ファーストキスから信じられないほど、たくさんキスをしている。この短時間で、恐ろしいことに貴也はキスに慣れてきていた。

何度唇を合わせても、いやだという感情が湧いてこない。それどころか、普段は愛想の欠片もない男がぼんやりした顔で笑みを浮かべ、猫みたいに唇を寄せてくるのを可愛らしいとさえ思う。

「ヴィンセント」

貴也は小さく名を呼んで、ヴィンセントの熱い身体に擦り寄った。

同性に対して恋愛感情を抱いたり、キスをしたいと思ったことは一度もない。デナーロに触れられたときは吐きそうだったのに、ヴィンセントに抱き締められていると心地よかった。

この温かい場所を、貴也は失うところだった。ヴィンセントから薬剤と血の混じった臭いがするのは貴也のせいだ。

彼が生きていて、本当によかった。

発熱している怪我人の腕に抱かれ、貴也はいつしか眠っていた。

9

貴也は玄関先で立ち尽くし、言葉を失ってヴィンセントを見つめていた。

昨夜、発熱して朦朧《もうろう》となっていた彼は、貴也をベッドに引き入れ、雨のようにキスを降らせながらしっかりと抱き締めて眠っていた。なのに、朝にはすっきり目覚め、熱も下がって調子を取り戻したらしい。

そして、寝ている貴也を起こすことなくベッドに置き去りにし、食料と貴也の衣服などを調達しに出ていった。

驚いたのは、なにも知らない貴也である。ヴィンセントと一緒に眠っていたはずが、目が覚めたら独りぼっちで、不安に駆られた貴也はヴィンセントの姿を求めてベッドから飛びだした。無茶をして、どこかで倒れているのではないかと思ったのだ。

キッチン、バスルーム、トイレ、バルコニーと捜しても見つからず、思い余ってクロゼットのなかを覗いているときに、玄関ドアが開いてヴィンセントが帰宅した。

貴也は解けた紐を垂れ下がらせたまま、着乱れたバスローブの裾を引きずるようにして、玄関に駆けつけ、入ってきた男を目にした途端、逃げだそうとした。

黒髪でサングラスをかけた、ダンガリーシャツに黒いズボンを穿いた男がヴィンセントその人であると気づくのに、数秒かかった。

見知らぬ男に怯えて逃げだしかけ、正体に気づいて踏みとどまった貴也に、ヴィンセントは平然と言った。

「お前が起きる前に帰ってくるつもりだったんだが、少し遅かったようだな」

ヴィンセントの両手には買い物袋がぶら下がっていた。

あまりにも平和で日常的すぎる光景に、頭がくらくらする。この男が昨日、銃で撃たれて夜中じゅう呻いていたとは誰も思うまい。

目を離せば容姿が変わる、摑みどころのない殺し屋。逞しい腕で貴也を懐にしまいこんで放さなかった昨日の彼は、どこへ行ってしまったのだろう。

呆然と突っ立って、ヴィンセントの容姿の変化を受け入れようとしている貴也に、ヴィンセントは重ねて言った。

「腹が減っただろう？　ろくなものがないから、買いに行っていた」

サングラスを外しながらキッチンに大股で歩いていくヴィンセントを、貴也は追いかけた。

袋から出した食材をステンレスの台に並べているヴィンセントの顔の作りは、金髪のときと同じだった。つまり、よく知っているヴィンセントだ。

髪型も似たような感じだが、髪の色が黒くなっただけでずいぶんと印象が違う。

なんというのだろうか、全体的にものすごくワイルドになった感じがする。そして、今のヴィンセントが一番、ヴィンセントらしい気がした。

彼のことをなにも知らないのに、彼らしいというのも変な話だが。

「……怪我の具合はどうなんですか？」

貴也はどうにかこうにか訊ねた。

「もう問題ない」

右腕を上げ下げして見せた仕種が巧妙な芝居かどうか、貴也には見抜けなかった。しかし、あれだけの怪我が一晩で綺麗に治り、疼きもしないなんてことはあるはずがない。

フリーズしていた貴也の脳みそが、ようやく回転し始める。なにもかもをヴィンセントにやらせるつもりはなかった。

「食事の用意なら俺がするので、あなたは座っていてください。問題なくても、昨日の今日なんだから少しは安静にしているべきです。ちょっと着替えてきますけど、そのまま座っていてくださいね。絶対ですからね」

貴也はヴィンセントを強引にダイニングの椅子に座らせると、しつこいほど念を押してから、自分にあてがわれた寝室に小走りで向かった。

バスローブを脱ぎ捨て、ジーンズを穿き、シャツを被るのに一分もかからない。

ヴィンセントは戸惑いを浮かべながらも、ちゃんと椅子に座っていた。その様子は待てをしている大きな犬のようにも見えて、貴也は少し微笑んだ。

貴也が子どものころに遊んでいた犬は、彼くらい大きくて真っ黒だった。従順で優しくて、うるさく吠えることもなかった、などと懐かしく思い出したものの、その記憶は曖昧で、貴也自身にも矛盾を感じさせた。

——……あれ？　真っ黒の犬って、いつの話だろう。

貴也は内心で首を傾げた。犬の名前は覚えていないし、貴也は一度も犬を飼ったことがなく、祖父の家にもいなかった。

「どうした？」

ヴィンセントに話しかけられ、貴也は過去の物思いから覚めた。

「いいえ、なんでも。作ろうと思っていたものはありますか？　食べたいものとか？」

「いや、お前が食べたいものでいい」

予想どおりのヴィンセントの答えに貴也は苦笑し、キッチンに立って調理を始めた。

卵がたくさんあったが、オムレツは作らないと決めている。ヴィンセントのほうが上手に作れるからだ。

フレンチトーストとベーコン、スクランブルエッグに、サラダとカットしたフルーツを添えたありきたりな朝食メニューを手早く作ってテーブルに並べる。

ヴィンセントは空腹だったのか、かなり多めに作ってあったものを、おいしいと言って残さず食べてくれた。

貴也も食べながらヴィンセントをひそかに観察し、彼の右腕の動きがぎこちないことを確認した。彼は悟られまいと頑張っていたが、貴也の目はそこまで節穴ではない。

無表情で痩せ我慢をしているヴィンセントは、昨夜のことを口にしなかった。貴也はいろんな可能性を考え、彼は覚えていないのだという結論に達した。

無意識だったからこそ、愛しげに貴也の名を呼べたのだろうし、貴也の初めての唇を何度も何度も奪えたのだろう。そして、覚えていないからこそ、そのことについてなにもコメントを述べようとしないのだろう。

記憶があったら、いかにヴィンセントといえど、ここまで平然としていられるはずがない。

拍子抜けしたような落胆したような、一言では説明できない気持ちに満たされて、貴也は憮然として俯いた。

貴也のファーストキスをヴィンセントは覚えていない。

それが自分でも驚くほどにショックだった。

昨夜、ヴィンセントは彼のほうから腕を伸ばして貴也を抱き締めてくれたのに、一夜明けたら、距離を置かれている。いや、昨夜以前の距離に戻っているというべきか。

貴也はみじめな思いで、コーヒーを飲んでいるヴィンセントの唇を睨んだ。どんな反応を彼に望んでいたかと訊かれても明確な答えはないが、話題にも出ないのは予想外だった。

このまま、なにもなかったことにはしたくない。覚えていないなら教えてやって、なぜあんなことをしたのか知りたい。

彼には貴也を抱き締めてキスがしたいという願望があった、というのは間違いないと思っている。貴也の名前を何度も呼んでいたし、巻き毛が可愛いなどとうわごとで言っていたから、人違いをしている可能性は極めて低い。

怪我と発熱によって外れた彼の理性の蓋は、平熱に戻った途端、かっちりと閉められていた。

ヴィンセントはそれでいいかもしれないが、貴也は困る。

これまでと同じ目で、ヴィンセントを見ることはできない。祖父に恩義を感じて孫まで守ってくれる律儀な殺し屋という枠を、彼は越えてしまった。

貴也はことあるごとに、あるいは四六時中、彼とキスしたことを思い出し、もう一度したいと願うだろう。もう一度どころか、何度でも。

ヴィンセントのほうから貴也に近づいてくることは、意識が定かでない場合を除いてはほぼないとわかっている。二人の距離を縮めるには、貴也が動くしかない。

食事を終えると、貴也はヴィンセントの左腕を掴み、無言で寝室に引っ張っていった。

キスの件を含め、彼と話し合うべきことはたくさんあるが、急ぐつもりはなかった。貴也にも心の準備が必要だし、彼はなにより休息が必要である。

「タカヤ？　どうした？」

「休んでください。せめて今日一日くらいは。昨日の傷、痛むんでしょう」

「俺はそんなに柔《やわ》な身体をしていない。やることもあるし、ベッドに入ったからといって、眠れるわけでもない」

「眠らなくても横になってるだけで身体は休まるって、あなたが言ったことですよ。縫うほどの怪我をしてあんなに熱があったのに、翌日から動きまわるなんて無茶です。傷口が開いたり、悪化したりしたらどうするんですか」

「タ、タカヤ……！」

うろたえたような声を無視し、貴也はヴィンセントに抱きついてベッドに座らせた。

貴也が身体を寄せていくと、ヴィンセントは逃げる。その動きを利用したのだ。セクハラをしているようで気が滅入るが、仕方がない。

逃げ腰の屈強な殺し屋を取り逃がさないために、貴也はヴィンセントの左脇腹にくっついたまま隣に座った。

「あなたの無茶は全部、俺を守るためなんだってわかってる。すごくありがたいことだし、それと同じくらい申し訳なく思う。ここにいたら、とりあえずは安全なんですよね？　お願いだから、休んで。俺のことは心配しないでください。もう二度と、あなたに黙って勝手なことはしないって約束する。亡くなった祖父と母に誓うから」

「……タカヤ」

ヴィンセントの右手がためらいがちに貴也の頭に触れた。

「あなたは覚えてないようだけど、昨夜はすごく熱があったんです。氷水でタオルを濡らして、冷やしても冷やしても熱は下がらないし、せっかく見つけた解熱剤を飲ませていいのかもわからなくて……」

「ずいぶんと面倒をかけたようで、悪かった。お前も疲れていただろうに」

そんな謝罪が聞きたいのではない。言わせたくもなかった。

「やめてください。あなたの怪我は俺のせいです。俺が馬鹿なことをしたから……、あなたはもっと、俺を責めたり怒ったりするべきです」

ヴィンセントはなだめるように言った。

「べつにお前に怒ってはいない。もう少し早く、助けに行ってやればよかったとは思っている。手下どもを蹴散らす仕掛けに時間がかかってな。怖かっただろう」

怖くなかったと、口先だけでも誤魔化すことはできなかった。

無言で俯いた貴也を、ヴィンセントは両手を使って抱き締めてくれた。

死は避けられないと観念し、なおかつ、できるかぎり早く死にたいと願ったほどには恐ろしかったが、彼が遅かったということはない。デナーロのナイフの冷たさを何度も味わわされながらも、貴也は幸運にも、一筋の血も流していない。

「どうして、俺があそこにいるとわかったんですか？」

ふと疑問を感じて、貴也は訊いた。

ヴィンセントが用意してくれた貴也の居場所がわかる携帯端末は、ホテルに置いていったのだ。着の身着のまま、ＳＤカードだけを持って飛びだし、ほかにそれらしき機器は身につけていなかったと思う。

ヴィンセントは言いにくそうに呟いた。

「……靴だ」

「靴？」

「着替えと一緒に靴も買ってきただろう？　その靴に小型の発信器を仕込んでいた。なにがあっても捜せるように」

「えっ、本当に？　全然気づかなかった」

貴也は驚愕しつつ、靴の形状を思い出そうとした。

サイズはぴったりで履き心地もよかったし、人為的な細工がなされていたとは気づきもしなかった。アボットの車で眠ってしまい、気づいたときにはデナーロに裸にされていたので、あの靴がいつ脱がされ、今どこにあるかはわからない。

「勝手にそんなものをつけられて、いい気持ちはしないと思うが……」

「ありがとう」

言い訳を始めたヴィンセントを、貴也は途中で遮った。

貴也を救ったのは、ヴィンセントの用心深さだ。発信器なんて生温《なまぬる》い。ヴィンセントは貴也の首に縄をつけて、部屋の柱かなにかに括《くく》りつけておくべきだった。

マフィアに狙われていると言われながら、貴也はいつだって安全で、迫る危機を我が身で心底実感したことがなかった。

自分の生活を取り戻すことばかりに必死になって、ヴィンセントの守護を得られたのがどれほどの幸運であるか、真剣に考えたことがあっただろうか。

「あなたのすることがすべて、俺を思ってのことだってわかってる。こんなに身勝手で考えなしな俺を、あなたが見捨てないのが不思議なくらい。俺を守ってくれてありがとう。怪我をさせたこと、本当に申し訳なく思ってる。あなたを信じられなくて、ごめんなさい」

「謝らなくていい」

「謝らないと駄目です。あなたを傷つける原因を作ったのは俺なんだから」

何度礼を言い、何度謝罪をしても足りない。ヴィンセントが許してくれても、貴也は自分の過《あやま》ちを許すことはできなかった。

「突然現れた殺し屋の言うことを即座に信じるのも、警戒心がなさすぎて問題だ。今はどうだ？俺を信じられるか」

「はい」

ヴィンセントを見上げ、貴也はしっかりと頷いた。

マフィアに捕らわれた貴也を助けるために、たった一人でアジトに飛びこみ、命まで懸けてくれたヴィンセントを信じなくて誰を信じればいいのだ。

ヴィンセントのグレイの瞳は、満足そうに細められている。貴也を無傷で取り戻し、貴也の信頼を得られたことに喜びを感じているらしい。

黒髪の彼は見慣れていないはずなのに、なぜか懐かしさを感じて貴也は首を傾げた。黒い犬のことを思い出したのと同じような懐かしさだ。

もしかしたら、ヴィンセントとはどこかで会ったことがあるのかもしれない。彼も熱でうなされながら、そう言っていた。

しかし、ざっと探った過去の記憶に、引っかかるものはなにも見つからなかった。

祖父がヴィンセントを助けたときに貴也も一緒にいた、というのが一番可能性が高そうだが、それに該当する記憶はない。記憶にも残らないほど、貴也が幼かったのだろうか。

そこで貴也は、ヴィンセントの年齢すら知らなかったことを思い出した。年齢も国籍も本当の名前も——本名で仕事をする殺し屋はいないだろう——なにも知らない。

貴也が知っているのは彼の身体の温もりと、唇の感触。

どう考えても少なすぎる。仕事用の偽名と、三つの変装パターンは数に入れたくなかった。

ヴィンセントのことを知りたかった。いつ、どこで生まれたのか、どうして殺し屋をしているのか、どんな人生だったのか。

貴也はおずおずと切りだした。

「少し話をしてもいいですか？　あなたが寝ていなくても大丈夫なら」

「寝ていろと言われるほうがつらいな」

ヴィンセントは初めてと言ってもいいくらい、はっきりと微笑んでみせた。

目尻が優しげに下がって、口角が上がる。胸が痛くなるほど、ハンサムだった。

貴也が彼を信頼したことで、彼にも余裕のようなものができたのかもしれない。殺し屋が一般人に信用されるための努力を、しゃかりきにせずにすむからだ。

昨日までの自分を、貴也はまたぞろ反省した。

「あなたのことを教えてほしいんです。俺はなにも知らないから」

「知ってどうする？」

「……わからない。でも知りたいと思う。あなたは話したくない？　無理に訊きだすつもりはないんです。あなたがミステリアスな殺し屋のままでいたいなら、それで」

「ミステリアスなつもりはなかったんだが」

ヴィンセントはおかしそうに笑った。

やはり、今までの無表情とは違っている。彼が感情を露《あらわ》にするたびに、貴也は嬉しさで身悶えしそうになった。

長丁場になりそうだと思ったのか、ヴィンセントはベッドに上がり、枕をクッションにしてベッドヘッドにもたれて座った。

貴也もベッドに上がって、ヴィンセントの左横に座ってやった。危機を脱した安心感のせいか、やたらと人恋しく、離れているのがいやだったのだ。

ベッドから下りろと言われたら、昨日はヴィンセントが引っ張りこんだくせにと言い返してやろうと考えていたのだが、彼はなにも言わず、貴也の肩に自然に腕をまわした。

鼓動が倍ほどにも速まった貴也である。

まさか、抱き寄せてもらえるとは思わなかった。もしかして、気づかないうちに頭が朦朧とするほど発熱してしまったのかと心配になったが、触れているヴィンセントの体温は低く、貴也の身体のほうが熱いくらいだった。

「ドラマチックななにかがあったわけじゃない。むしろ、ありがちな話だ。子どものころに両親を亡くし、ストリートでスリをしながら生きていたら、殺し屋に拾われ、その技を仕込まれた。それだけだ」

ヴィンセントの話は簡潔だった。

抱き寄せてもらえた嬉しさでひそかに興奮していた貴也は、続きがあると思いこんで一分ほど待ってしまった。

だが、ヴィンセントはいつまで経っても口を開かない。顔を見上げれば微笑んでいて、不機嫌なわけでも、言いにくいことを言い倦《あぐ》んでいるのでもなさそうだ。

彼の話は終了している。仕方なく、貴也は訊いた。

「質問は受けつけてもらえるの？」

「どうぞ」

「今のあなたを否定するつもりはないんだけど、殺し屋以外に選択肢はなかったんですか」

「あるわけがない。いや、あったのかもしれないが、俺が教わったことがあるのは人を殺す方法だけで、それを仕事にするのが一番手っ取り早い道だった。生きていくには金が必要だ。教えこまれた技術を使えば、大金が稼げる」

「あなたを拾った人は？」

「おそらく、死んだのだろうと思う。いつの間にか、俺の前から姿を消していた。子どもに狩りの方法を教えて独り立ちさせ、死期を悟って姿を消す獣のようだと思った記憶がある」

「そのときに、殺し屋をやめようとは思わなかったの？」

「考えもしなかったな。殺人のための訓練は楽しいと感じられるものだったし、俺には適性があった。この年まで続けているうえに、成功率は高く、マフィアや警察、ＦＢＩからも逃げおおせているんだから、天職なんだろう」

天職とまで言える人殺しの適性。

貴也は少し震えたが、それをヴィンセントに知られたくなくて、彼のシャツの胸元に額を押しつけた。

殺人は犯罪だと学び、普通の人生を歩んできた貴也には、まだ受け入れがたいものがある。それでも、ヴィンセントを否定したくなかった。

「あなたの年齢は？」

「三十六」

「だいたいそれくらいかなと思ってた。でも、黒髪のあなたは少し若く見える。三十代前半くらい。ゴールド、ブラウン、ブラック、どれが本当のあなたですか？」

「ブラック。今はなんの変装もしていない」

ぱっと顔を上げて、貴也はヴィンセントの顔を至近距離から見つめた。これが、彼の本当の顔なのだ。

髪も地毛なのだとしたら、金髪とブラウンの髪はウィッグということになる。全然、気づかなかった。

自分がひどく間抜けな気がしたが、貴也が気づく程度のお粗末な変装では、誰の目も誤魔化せまい。

「そんなに見つめられると、どきどきするな。朝食の卵のケチャップが口の端についてるんじゃないかと心配になる」

ヴィンセントが冗談を言った。それも、笑いながら。

貴也のほうがどきどきして、彼を見つめていられなくなった。

口の端にケチャップなんてついてない。残念だった。ついていたら、貴也が拭ってあげるのに。

彼と交わしたキスのことを、思い出さずにはいられなかった。あの唇が、貴也の唇に触れたのだ。唇だけでなく、顔中にも。

肌にかかった熱い吐息も覚えている。優しい仕種に蕩けてしまいそうだった。またあんなふうに触れてほしい。

そう望むのはいけないことだろうか。

もう一度ヴィンセントとキスしたい気持ちを必死で堪えるために、貴也はヴィンセントにしがみつき、彼のシャツに顔を擦りつけた。

「俺が怖くないのか？」

「えっ？　なんですか？」

質問は貴也がする側だと思っていたので、ヴィンセントの問いを聞き逃した。

「俺のことが怖くないのかと訊いた」

怖いというより、とりあえず今はキスをしてほしい。だが、そんなことを言ったら、きっと頭がおかしいと思われるだろう。

貴也も自分でそう思う。ヴィンセントの唇以外のことを考えなくては。

「タカヤ、聞こえてるか？」

「……聞こえてます。そりゃ、人殺しが天職だ、なんて言われたら怖いけど、それは俺が二十年かけて培《つちか》ってきた常識がそう思わせるだけで、あなたが怖いわけじゃないです。あなたは俺を傷つけない。俺を甘やかしすぎるって母に叱られてた祖父より、俺に甘いんだから」

「お前に厳しく接するのは難しい」

貴也はますます強くヴィンセントに抱きついた。

「あなたのことは、本当に怖くない。実際にあなたがデナーロの部下を殺すところを見たけど、怖いどころかほっとした。怖いと言ったら、デナーロたちのほうがはるかに怖い。ねぇ、ヴィンセント」

「なんだ」

「無神経なことを訊いていたらごめんなさい。……人を殺すときってどんな気持ち？」

純粋な、だが、ぶしつけでもある質問にも、ヴィンセントはいやな顔をしなかった。

「感情はない。仕事だからな」

「昨日のは仕事じゃなかったよ」

「……ざまあみろ、いい気味だ、とか思ったかもしれない」

ホットでストレートな感想に、貴也は嬉しくなった。

ヴィンセントは左手で貴也の肩を抱き、右手で巻き毛を弄《いじ》っている。指にくるくる巻きつけて、さらなる巻き癖をつけているようだ。

「お金を積まれれば、誰でも殺すの？」

「いや。俺にも依頼を選ぶ権利はある。殺される理由が百は下らないやつらが、この世には多すぎる。浮気した女房を殺してくれだの、麻薬撲滅活動をしている清廉潔白なリーダーを見せしめに殺してくれだのという依頼は受けない」

貴也は安堵した。

悪人しか殺さないと言っているように聞こえたからだ。彼は悪人を殺した報酬を、税金を納める代わりに慈善団体に寄付している。

人を殺すことで生計を立てている彼の倫理観は、法を順守する社会的ルールからは大きく逸脱した彼独自のものであろうが、貴也のそれとはかけ離れていない。

ヴィンセントが天職だと思って殺し屋をしているのなら、それでいい。文句があったところで、貴也に意見する権利もない。

ただ、その天職が彼を傷つけることには憂慮せざるを得なかった。

「ここに、大きな古傷があったでしょう。由来を訊いてもいい？」

古傷のあった場所を、貴也は服の上からなぞった。

「……若かりしころの過ちだ。俺の仕事はいつも完璧で失敗などしたこともなかった。で、自分の力を過信して、ヘマをした。標的に逆襲されてナイフで刺されるなんて自分の失態が信じられなかったが、俺のような男が死ぬときってのはこんなもんだろうとも思っていた。死ぬのは怖くなかった。俺の番がまわってきただけだからな。薄れていく意識のなかでなんとか生き延びようとしたのは、恥を曝したくない一心だった」

「恥？」

「俺は自分の死体を隠すだけの力がなかったんだ。俺の死体は、俺の仕事と俺のヘマを世間に広く知らしめる。いい笑いものだ。そんなことには耐えられない。俺は俺なりに、仕事にプライドを持ってやっていたから」

「わかります」

貴也は励ますように、ヴィンセントの太腿を軽く叩いた。

職業に貴賤《きせん》はないし、どんな仕事もプライドと責任感をもってあたるべし、と大学で受けた就職セミナーの講師も言っていた。ちょっと違うかもしれないが。

「だが、目が霞んできて、いよいよ駄目かと諦めかけたときに、天使が助けに来てくれた」

天使という言葉に、貴也はどきっとした。

彼は高熱で浮かされているときに貴也を天使と呼んでいたが、貴也はヴィンセントを助けたことはおろか、会ったこともない。

いや、あるのだろうか。貴也が覚えていないだけで。

貴也はヴィンセントを見上げた。

「昔に、俺と会ったことがある？　そんなことを昨日、うわごとで呟いてたけど」

「……ああ。お前が覚えていないのも無理はない。お前は幼すぎた」

「天使って、俺のこと？　小さいから、天使みたいに見えたの？」

単刀直入に訊ねると、ヴィンセントは驚いた顔をしながらも頷いた。

「俺がうわごとでそんなことまで言ったのか？　天使みたいというより、天使そのものに見えた。金色の巻き毛が光を弾いて、神々しいほどだった。そして、背中に天使の翼がプリントされたシャツを着てたんだ」

「何年前？　それ、本当に俺？　子どもの俺が、どうやってヴィンセントを助けたの？」

まったく記憶になくて、貴也は矢継ぎ早に訊いた。

「具体的な救助活動を行ったのはルイージだが、ルイージにそうさせたのはお前だった。俺はずっと、俺のことをお前が忘れていてくれたらいいと願っていた」

「ど、どうして？」

貴也はまごついて、ヴィンセントのシャツを摑んだ。

「決まっているだろう。死にかけている殺し屋と接するのは、子どもの教育にはあまりよくないからだ」

教育委員会の会長のように真面目な顔でヴィンセントが言うので、貴也は噴きださずにはいられなかった。

殺し屋が天職というのは間違いないだろうが、若かりし彼の前に無数の選択肢があれば、殺し屋を選ばなかったかもしれないし、ほかのどんな仕事でもうまくやってのけられると思う。

器用で用心深く、機転が利いて度胸もあって、それでいて容姿端麗な男にできないことなんて、あるはずがない。

己の身を振り返り、貴也は恥ずかしくなった。

「大きくなった俺はすっかり天使から遠ざかってて、残念だったでしょう？　髪の色も、小さいときは金に近かったけど、だんだん茶が濃くなってきたんです。巻き毛もひどくて、雨の日なんてもう最悪。見れたものじゃないんだから」

「馬鹿なことを言うな。雨だろうが晴れてようが、お前はいつでも可愛い」

貴也はかっと頬を赤らめた。

熱もないのに、可愛いと言ってくれた。二十歳の青年に可愛いが褒め言葉かどうかは微妙だが、ヴィンセントは褒め言葉として使っている。

貴也の容姿が格好よさとか凛々しさというものから遠く離れているのは、貴也自身がよくわかっていた。

ヴィンセントの目に可愛く映っているのなら嬉しい。可愛くないと思われているより、絶対的にいい。

「昨日の夜も、あなたは俺にそう言ったんですよ。高熱でうなされて、眠ったり起きたりしている間に、俺を抱き締めてそう言った。覚えてない？」

「……ああ。ほかに、なにか言ったか？」

「俺の天使とか、守ってやるとか、離れるなとか、そんなことも言っていた。俺をベッドに引っ張りこんだのもあなたです。あなたは看病に疲れた俺が、勝手に潜りこんだと思ってたかもしれないけど」

いやみっぽく聞こえないように、貴也は言った。

ヴィンセントに昨夜の記憶がなかったとしても、今朝目覚めたときには、彼の意識ははっきりしていたはずだ。氷水を入れていたボウルをベッド脇の棚に置いていたので、貴也が看病していたことも、すぐに気づいただろう。

しかし、貴也には触れないよう厳しく己を律していた彼が、貴也とひとつのベッドで眠るという事態を自ら招いたとは思わなかったに違いない。

「すまなかった」

ヴィンセントは目を伏せ、申し訳なさそうに謝った。

憂いのある顔も、はっとするほど完璧で男らしい。

「謝らないでください。迷惑でもなんでもなかったし、むしろ嬉しかった。あなたの天使だった記憶がないから、本当に俺で間違いないのかなって心配にもなったけど、あなたは俺をずっと抱き締めて、どこへも行かないように守ってくれようとしてた。ひどい怪我をしてるのに」

「怪我なんて、たいしたことないと言っただろう？」

「たいしたこと、なくはないと思うけど、右腕が動いてるのは安心しました。体勢を変えたくてちょっと動いただけであなたは目を覚まして、俺がいるのを確認してた。……こんなふうに」

貴也は伸び上がり、ヴィンセントにキスをした。

突発的な行動だったが、後悔はなかった。

人の唇は柔らかくて、ちょっとしっとりしている。やみつきになる感触だ。キスに夢中になる人の気持ちが、自分でしてみて初めてわかった。

「ん、ん……」

昨夜ヴィンセントがしたように、貴也は唇を少し舐めてちゅっと吸い、小さく何度も口づけた。ヴィンセントに彼の行為を再現してみせたのではなく、キスの手本がそれしかないからだ。

ヴィンセントとするキスが好きだと、貴也は思った。

正体不明の殺し屋で守護者の彼は、昨日のキスをきっかけに、その存在意義を変えてしまった。貴也は彼に惹かれていて、キスをする対象として——キス以上のことも——意識せずにはいられない。

ヴィンセントはしばらく黙って貴也の好きにさせてくれたが、ただ呆然として反応できなかっただけらしい。

唇がわずかに離れたタイミングを逃さず、貴也を傷つけないように、しかし断固とした力で肩を摑んで引き離した。

「俺とこんなことをしてはいけない」

「あなたが始めたことなのに」

もっともな貴也の抗議に、ヴィンセントは眉根を寄せて呻いた。

「自制できない状態だったとはいえ、悪かった。いいか、タカヤ。俺とお前は住む世界が違う。俺しか頼るものがいないからといって、流されるのは賢くない」

「べつに、流されてるわけじゃないです」

貴也はむっとして嚙みついた。

頼れる人がヴィンセントしかいないのはたしかだが、貴也の気持ちの変化は、生命の危機に生存本能が反応したせいではない。

変化を起こしたのは、ヴィンセントだ。

危機に颯爽《さっそう》と現れて助けてくれる自分だけのヒーローを、好きにならない人はいない。単純な好意を、彼がキスしたことで複雑にした。

そして、先ほどまでの語らいで、貴也はいっそうヴィンセントに心が傾いていた。彼はユーモアがあって倫理観も近く、笑顔も憂い顔も素敵で、貴也を可愛いと思っている。

「俺はあなたが好き、なのかも」

貴也は言った。

断言しなかったのは、恋愛感情が生じたのが昨日で、はっきり自覚したのが今だからだ。浮かれた気持ちのまま、無責任に断言する軽率さはないと示したつもりだった。

ヴィンセントはにべもなく切り捨てた。

「すでに流されているから、そう思うんだ。今は目が曇って見えていないようだが、俺が薄汚い殺し屋だということを、じきに思い出す。お前がそんなことを言いだしたのは俺の責任だ。できるだけ早いうちに日本に帰して、今までどおり暮らせるようにしてやる」

唐突なヴィンセントの言葉に、貴也は怪訝な顔を向けた。

「そんなことできないって言ったのは、あなたでしょう。マフィアに狙われたら一生隠れて暮らすか、別人になって生きるかどっちかだって」

「だが、お前はいやなんだろう？」

「いやだけど、仕方がないっていうのもわかります。昨日のことで、やっとわかりました、あなたが言うように、別人になってもいい。それしかないのかなって思います」

デナーロは今ごろ、貴也と貴也を助けに来た男を血眼で捜しているだろう。

貴也は画像集を見ているうえに、デナーロに暴行された被害者でもある。デナーロがなにかの罪で逮捕されたとき、貴也の証言がデナーロを刑務所にぶちこむのに有効だと判断される場合があるかもしれない。

貴也が生きていては都合が悪い。今度こそ、殺されてしまう。

「……っ」

デナーロに陰茎をしゃぶられ、嚙みつかれたときの痛みがよみがえり、貴也は身震いした。

「どうした、タカヤ」

「な、なんでもない！　俺、シャワーを浴びてきます」

貴也はヴィンセントから離れ、寝室を飛びだすと、バスルームに駆けこんだ。

あんなことを、ヴィンセントに知られたくなかった。誰にも触られたことのない大事な部分を、下司《げす》な男の舌で舐めまわされたなんて。

ヴィンセントの天使は綺麗でなければ。

ボディソープを泡立て、貴也は肌が擦りきれるほどスポンジで擦った。

10

二人は三日間、一緒にいた。

ヴィンセントはパソコンを見ていたり、電話をかけて誰かと話していたが、貴也にはなにも説明してくれなかった。

お前が気にすることではない、言うべきことがあれば必ず話すから、と言われてしまうと、しつこく問いつめられなくなる。貴也が消化不良で膨《ふく》れっ面《つら》をしていても、ヴィンセントは微笑むだけで相手にしてくれない。

もちろん、ヴィンセントとの関係はまったく進展していなかった。

恋の駆け引きには無縁の貴也は、とにかく好きだという気持ちを訴えたが、ヴィンセントは受け取ろうとせず、生存本能が恋と錯覚させているだけだと言い張るばかりだった。

デナーロから逃げ延びたいという恐怖によるストレスが、ヴィンセントへの恋にすり変わり、恋に夢中になることで、デナーロの恐怖を消し去ろうとしているのだとも。

なのに、ベソをかいた貴也が、拒絶するなら徹底的に、俺が嫌いだから駄目だと言ってと頼んだら、それは言えないと彼は言う。

隠れ家で身を潜めているときに、恋だキスだと浮かれたことを考えている貴也も貴也だが、貴也の気持ちを完全に断ちきらせてくれないヴィンセントの対応もお粗末だと思う。

とにかく、生存本能が働いていていようがサボっていようが、ヴィンセントが錯覚だと断言しようが、貴也の気持ちはぶれていない。

だが、恋に全力投球する時期でないこともわかっていた。貴也だって馬鹿ではない。いちいち貴也に報告しなくても、ヴィンセントは貴也のために動いてくれている。

そして、彼のすることに間違いはないと信じていた。

四日目の午後、五時間ほど外出していたヴィンセントが帰ってくるまでは。

「……なに、これ」

貴也はテーブルに広げられたものを、呆然と見つめた。

それは新しいパスポートだった。貴也の顔写真が貼ってあるが、名前も生年月日も住所も、伊波貴也とは全部違う。

「ハルト・オハラが新しいお前の名前だ。これも渡しておく」

ヴィンセントは小原遥人《おはらはると》名義の銀行のキャッシュカードと、まとまった現金が入った財布をパスポートの横に並べた。

「こんなたくさんのお金、いりません。あなたも一緒にいてくれるんですよね？」

ちらっと見るだけで手には取らず、貴也は不安げに訊いた。

「俺には行くところがある。もし一週間経っても俺が帰ってこなければ、これを使って日本に帰国し、新しい人生を生きるんだ。この男に連絡すれば、新しい戸籍を用意してくれる。話は通してあるから、名乗るだけでいい」

そう言ってヴィンセントが一番上に置いた紙には、デイビッドという名前と電話番号が書かれていた。

「待って、ヴィンセント」

彼の話がどこに向かおうとしているのか悟った貴也が、途中で止めようとしたが無駄だった。

「一週間以内に俺が帰ってくれば、お前はタカヤ・イナミとしての暮らしを取り戻せる。少々時間がかかるが、一生別人でいるよりいいだろう」

「デナーロを殺すつもりなんだ……。そうでしょう?」

ヴィンセントは返事をしなかったが、それが答えだった。

貴也は血の気を失ってヴィンセントに駆け寄り、腕を掴んで揺すった。

「デナーロは敵にまわしたくないと言ってたじゃないですか。俺のために危険なことをするのはやめてください！　俺の人生を取り戻したいなんて、もう言いません。生きてるだけで充分感謝すべきことなんだと、わかってるから。別人になっても、あなたが俺をタカヤと呼んでくれたら、それだけでいいんです」

ヴィンセントはすでに、貴也のせいで銃創を負っているのだ。デナーロ暗殺によって、彼の命が失われることがあれば耐えられない。

伊波貴也の人生を望んで捨てたくはないが、ヴィンセントの犠牲の上にのうのうと生きてもいたくない。

貴也の頭を撫で、ヴィンセントは微笑んだ。

「大丈夫だ、タカヤ。俺は暗殺者としてはけっこうな腕前だと言ったろう。お前を助けに行ったときのように、敵地に一人で飛びこんでいくわけじゃない。ターゲットの動向を探り、仕留める機会を待って、実行に移す。何百回もやってきたことだ。それほど難しくはない」

嘘だ。貴也は咄嗟にそう思った。

難しくないなら、もっと前の段階で、デナーロを仕留めようと動いていたはずだ。デナーロが消えることがなによりも貴也の安全に繋がると、彼はわかっていた。

わかっていながら避けようとしていたことを、今になってやると言いだすなんておかしい。

「やめて、ヴィンセント。本当にやめて。俺のために危険なことはしないで。あなたにとって一番安全な道を選んでください。俺みたいなお荷物を抱えて逃げまわるのは楽じゃないだろうけど、デナーロを殺しに行くよりましなはず。考え直してください」

貴也はヴィンセントに縋りついて訴えた。

「もう決めたんだ。ずっと考えてはいた。デナーロは躍起になってお前を捜している。二度も逃げられたんだから当然だ。別人になりすます方法も、今や危うい。俺がなんとかしてやればいいが、できなかったときは、ハルト・オハラの皮を被って注意深く生きろ。金の心配はしなくていい。アメリカに留まるより日本にいたほうが、マルコーニファミリーの手は届きにくい。整形手術で顔を変えるとか、巻き毛をストレートにして染めるとか、容姿に変化を加えれば危険度も下がる。それでも、新聞やテレビに顔が載るようなことは避けろ。追われていることをつねに忘れるな。わかったな」

小原遥人の生き方をレクチャーし、貴也の手をそっと引き離して、ヴィンセントは彼の寝室に歩いていった。

貴也は呆気にとられて見送りかけ、慌てて追いかけた。

「俺も連れていって。見張りとか、なにか役に立てるかも」

足手まといにしかならないとわかっていても、言わずにはいられなかった。

「俺はチームを必要としない。誰であっても。一人のほうがうまくいく」

小さく笑ったヴィンセントは、机の上に出していたパソコンを片づけ、ここを去る荷造りを始めている。

彼の隠れ家なのに着替えまでまとめているのは、帰ってこられなかった場合を考えてのことだろう。本人亡きあと、正体不明の殺し屋の痕跡は消しておいたほうがいいから。

一人残される貴也の手を、少しでも煩《わずら》わせることのないように。

貴也はもどかしさに身を揉んだ。

「そんなのいやだ。駄目です。お願いだから、俺を置いていかないで」

「帰ってくる可能性が低いと思ってるのか？　ここは信じて待っている、と言うところだぞ」

ヴィンセントがおどけて言った。

ハッピーエンドの映画なら、そう言う場面だろう。台本を読んで、帰ってくるのがわかっているから言えるのだ。

でも、今回は違う。

最初からデナーロ暗殺にヴィンセントが乗り気だったら、貴也もこれほど不安に駆られなかったかもしれない。

「可能性って、どれくらい？　あなたが無傷で帰ってくる可能性」

「初めから怪我をしようと思ってしたことは一度もない。俺も命は惜しい」

またはぐらかされた。

ヴィンセントは妙に誠実なところがあって、完全な嘘はつかない。迫ってくる貴也に手を焼きつつ、貴也を嫌いだと言わないのも、そのひとつだ。

納得させるために、嘘をついたほうがいいのではないかと貴也自身でさえ思うのに、彼は偽りを口にしない。

答えてくれないということは、可能性は低いのだろう。

貴也は懸命にヴィンセントを引き止める方法を考えた。荷造りが終わったら、彼はすぐに行ってしまう。

貴也が持っているもの、使えるものはこの身ひとつである。貴也は悩むことなく決めた。

無謀な考えであるのは明白だった。ヴィンセントが引っかかってくれるとはかぎらない。無関心で流されたら、きっと立ち直れない。

ここで暮らしていたわけではないから、ヴィンセントの荷物なんてたかが知れている。残された時間は十分か、二十分もあればいいほうだ。

貴也は静かに部屋のドアを閉めた。心臓が激しく脈打ち、手が震える。

「……タカヤ?」

振り向いたヴィンセントの目の前で、貴也はシャツとジーンズを脱ぎ捨てた。一枚残った下着まで脱ぐ勇気は、まだなかった。

「なにをしてる」

「あなたを行かせたくない。離れたくない」

言い終えるなり、猫のように飛びかかったのは、ヴィンセントの不意を衝くためだ。真正面からゆっくり迫るなんて馬鹿な計画は、貴也だって立てない。

狙いどおり、貴也はヴィンセントをベッドに押し倒すことに成功した。

反撃の隙を与えずに、がむしゃらに唇を押しつける。こんな手段しか思いつかない貴也を、ヴィンセントは哀れむだろうか。

のしかかってキスをする貴也の肩を、ヴィンセントは押し退けた。

「やめるんだタカヤ。こんなことをしてはいけない」

「どうしていけないの?　あなたが好きだって何度も言った。俺はあなたとキスしたいし、あなたに抱かれたい」

冷静に拒《こば》もうとしているヴィンセントに、貴也は縋りついた。

「お前は今、興奮していて普通の状態じゃないんだ。好きという気持ちも錯覚だと、説明しただろう。落ち着いたら、感情のままにふるまおうとしたことを後悔する」

「感情のままにふるまってないです。ちゃんと、あなたに襲いかかる前に考えました」

貴也はヴィンセントの腹の上に跨《また》がり、彼の右手を取って自分の鎖骨あたりに触れさせた。銃で撃たれた怪我が、回復しているのは知っている。

自分でも信じられないほど大胆な真似をしていると自覚していた。女性との性体験すらない貴也が、男同士のセックスを求めて誘惑するなんて。

これは、ヴィンセントを引き止めるための作戦だけど、彼とならしてみたいと思う。

貴也の巻き毛で遊ぶ彼の優しい指に、身体中を撫でられたい。あの柔らかい唇で、身体中にキスされたい。

貴也は自嘲した。こんな淫らなことを考える天使がどこにいるだろう。ヴィンセントの幻想を打ち破っていることに心が痛んだ。

「タカヤ、俺の上から退くんだ」

「いやです。俺に触るのはいやですか？　俺はあなたの天使なんかじゃないです。デナーロに触られてちょっと汚れてしまったし。綺麗に洗ったけど……」

「デナーロだと」

地獄から響いてきたような低く声が、途中で遮った。

ヴィンセントの表情が一気に険しくなり、貴也は鎖骨に押しつけていた彼の手を放してしまった。ヴィンセントは逆にその手で貴也の肩を掴んで、逃げられないようにした。

「デナーロになにをされた。どこか傷つけられたのか」

「怪我はしてないです。傷つけられる前に、あなたが来てくれたから」

「なにをされた」

同じ問いを繰り返された。

説明なんてできない。あのときのことを思い出すと、今でも身体が震える。身動きできなくて、デナーロのされるがままになるしかなかった。

ヴィンセントには黙っていようと決めていたのに、彼に触れてほしいあまりに、余計なことを言ってしまった。

うなだれた貴也が口を開かないのを見て取って、ヴィンセントは腹に跨っている貴也をものともせずに起き上がった。

「……わっ」

体勢を崩して倒れそうになった貴也は、ヴィンセントに支えられ、くるりと向きを変えられた。ヴィンセントの両脚の間に同じ向きで収まって抱き締められている。

服を着ているヴィンセントと違い、下着一枚の自分の身体を目の当たりにして貴也はもがいたが、筋肉質な両腕が腹にがっちりとまわされていて逃げられない。

仕方なく背中を丸め、剝きだしの両脚も胸に引き寄せてコンパクトにたたみこんだ。ヴィンセントの目に触れる面積をできるだけ小さくしたかったのだ。

好きな男にこんな格好を見られて――脱いだのは貴也自身だが――羞恥に顔が赤くなる。

「タカヤ、言うのはつらいだろうが教えてくれ。一人で抱えこんで、身体を震わせているのを見過ごすことはできない。どこを、どんなふうに触られた？」

「……っ」

裸の肩にヴィンセントの唇が押し当てられて、貴也はびくっとなった。

吐息も当たっている。身体じゅうの血がざわめき、恐怖とは違うさざ波のような震えが肌の上を走った。

くすぐったいような、もどかしいような、なんともいえない感触だ。突き放して逃げたい気持ちと、もっと深くもっと違う場所にも口づけてほしい気持ちがせめぎ合う。

打ち明けるまで、この状態が続くとわかっていた。

「う、裏切り者の警官に睡眠薬入りのコーヒーを飲まされて、気がついたら、あそこに括りつけられてたんです。最初は、じょ、女性用の……下着を、身に着けさせられてて……」

そこまで言って、貴也はまた大きく震えた。

デナーロかデナーロの部下が、貴也の意識のない間に着ていた服をすべて剝ぎ取って全裸にし、あの下着を着けさせたという事実は、本当に考えたくないことだった。

「切り裂かれた布が床に落ちているのを見たが、あれか」

肩口でヴィンセントが囁き、貴也は頷いた。

「下着の上からナイフの先でつつかれて、怖くて息もできなかった……。あの気持ちの悪い手で、全身を撫でまわされて吐きそうだった。それから……こ、ここ……」

貴也はためらいながら、ヴィンセントの手を取った。

たたんでいた脚を伸ばし、露になった胸元にぽんぽんと触れさせる。

「抓られた。先っぽが取れるかと思うほど痛かった。それから、こっちも……」

下着の前で手を揺らす。

「弄られて、な、舐められ……たり、嚙まれたりした。痛くて痛くて、嚙みちぎられそうで怖くて、泣き叫んだ」

陰茎に受けた痛みと屈辱がよみがえり、貴也は涙ぐんだ。

ヴィンセントが背後からぎゅっと抱き締めてくれた。温かさと安心感に包まれ、強張っていた身体が緩む。

「すまない」

「……あなたのせいじゃない。助けに来てくれたし」

「そのとき、お前を匿っているのは誰だと訊かれただろう？　拷問を受けたのは俺のせいでもある」

「い、言わなかったよ！　俺はあなたのこと、しゃべってない！」

貴也は叫んだ。自分がしでかした失態の言い訳はできないが、ヴィンセントを裏切ったと思われるのはいやだった。

「わかってる。つらい目に遭わせたな」

「絶対にあなたのせいじゃないです」

振り向いた貴也と、ヴィンセントの目と目が合った。グレイの瞳には、いつになく熱っぽい光が宿っている。

「あの男に触れられたところを、俺が触れてもいいか」

あれほど頑なに拒もうとしていたヴィンセントからの申し出に、貴也はごくりと唾液を飲みこんだ。抱きたいと言われたのではないが、ヴィンセントに触れてもらえるだけでも嬉しい。

「あなたが……いやでなかったら」

「デナーロの感触を全部消してやりたい。それ以上に、お前に触れたい」

貴也もそうしてほしかった。

夜にうなされるいやな記憶はすべて消して、ヴィンセントのものに変えてほしい。ヴィンセントだけを覚えていたい。

精悍な顔をじっと見つめていると、ヴィンセントが唇を寄せてきた。

四日ぶりの彼からのキスだった。彼とキスがしたいと毎日思っていた。柔らかい唇を受け止め、貴也はうっとりした。

ヴィンセントの舌が貴也の唇を舐め、間を割って入りこんでくる。貴也も舌先を伸ばして応えた。首を後ろに捩《ね》じった体勢なので、それほど深くは絡められない。

キスをしながら、ヴィンセントの両手は貴也の胸元をゆったりと這っていた。驚かせないよう、平らな胸を優しく撫で、ときおり薄い肉を寄せるように揉んでくる。

デナーロの乱暴な手つきとは、まったく違う。比べるのも失礼なくらいだ。

「んんっ」

乳首に指が引っかかって、貴也は唇をくっつけたまま呻いた。

貴也のそこは小さいけれど、もともと女の子のようにぷくりと膨らんでいる。偶然かと思っていたら、ヴィンセントは何度も指先でそれに触れた。

「あ、あぁ……」

貴也は顎を上げて喘《あえ》いだ。もうキスを続けていられない。

両方同時に弄られている乳首が、気持ちよくなっていた。指の腹でくるくるまわされているうちに硬くなり、上下左右に転がされるたびに快感が走る。

ヴィンセントは時間をかけて、貴也の乳首を愛撫した。痛みを感じることなく、優しく柔らかく、それでいて愉悦は途切れない、ねっとりした触れ方である。

「どうだ、タカヤ。忘れられそうか?」

耳に吹きこまれた囁きに、貴也は細かく頷いた。

「すごい……、こんなのはじめて」

軽く笑ったヴィンセントは、貴也の耳や髪にちゅっちゅっと音を立ててキスをし、左手は乳首に当てたまま、右手を下げていった。

股の間にたどり着いた大きな手が、下着の上から陰茎を包みこんだ。

「あっ、やぁ……っ」

貴也は身を捩り、咄嗟にヴィンセントの手から逃れようとした。

「大丈夫だ、ひどいことはしない」

そんなこと、わかっている。怯えているのではなく、恥ずかしいのだ。

貴也のそこは乳首への快感で勃起してしまい、下着を押し上げていた。下着は普通のボクサーショーツだ。

もしかしたら、先端から漏れるもので、布地が濡れているかもしれない。

「やっ、触っちゃ、だめ……。ヴィンセント、ん、んぅっ」

「触らないと上書きできない」

指先で形をなぞられると、さらに硬さが増した。

薄くはない布越しの刺激はもどかしく、とても窮屈だったが、ヴィンセントは外に出そうとはしなかった。下着の上から触られたというのを重要視しているのだろう。

先端を爪の先で軽く引っかかれ、仰け反ったところで、乳首を摘まれた。

「あぁっ！」

早くも限界が訪れようとしていた。

ヴィンセントは陰部をすっぽりと手のひらで覆い、揉みこんだり揺すったりした。自慰では味わったことのない、鈍いけれど力強い動きに追い上げられていく。

このまま達したら下着を汚してしまう。そう思ったが、我慢などできない。

瞼を閉じた目の奥で、火花が散った。

「もう、だめっ、……いやぁっ、放し……あっ、あーっ！」

貴也はヴィンセントの腕のなかで仰け反り、最初の絶頂を迎えた。びくんびくんと身体が跳ね上がる。

射精が終わるまでヴィンセントは手を放さず、貴也の敏感な達し方を見つめていたらしい。出すものがなくなって、うっすらと目を開いたときに、貴也はそれを知った。というより、ヴィンセントの顔がすぐそこにあって驚いたのだ。

「いやだ……、俺のこと、見てる」

「見たかったんだ。可愛かった」

こめかみへのキスを、貴也は目を閉じて受けた。

ヴィンセントは顔中に口づけをしながら、貴也の身体を仰向けに寝かし、覆い被さってきた。貴也を怯えさせないよう、動きのすべてが丁寧なのが嬉しい。

抱き合う体勢にほっとして、貴也もヴィンセントの首に両腕をまわした。

唇が深く合わさり、ヴィンセントが貴也の舌を絡めて吸い上げてくる。貴也も同じようにしようとしたが、息苦しさで唇を離したり、歯をぶつけたりして、なかなかうまくできない。

「あなた……あなたが、初めてなんです、キスをしたの。慣れてなくて、ごめんなさい」

唇が離れると、貴也は謝った。

「最初から慣れていたら困る。……俺だけか」

「ん……」

こくりと頷いた貴也を、ヴィンセントは強く抱き締めた。

あまりに幸せで、涙が出そうになる。ヴィンセントと二人、いつまでもこうしていたい。デナーロを殺しに行くなんて、やめてほしい。

口に出して頼んだら、幸せな時間が終わり、ヴィンセントが出ていってしまいそうな気がして、貴也はなにも言えなかった。

ヴィンセントはいったん身体を起こし、仰臥《ぎょうが》している貴也を見つめ、下着のウエストの部分に指をかけた。

最後の一枚をとうとう脱がされてしまうのだ。貴也は目を伏せ、片手を口元に持っていった。汚れた下着がゆっくり引き下げられ、精液で濡れた下生えと陰茎がヴィンセントの目に曝される。白く粘ついた液体が糸を引いているのが恥ずかしい。

ほっそりした小さめの性器にはまだ硬さが残っていて、押さえつける布地から解放されると、先端がヴィンセントのほうを向いて勃った。搾りだされてもいないのに、残滓《ざんし》が先端からとぷりと零れる。

下着を取り払ったヴィンセントが、濡れそぼった陰茎を指で数回扱《しご》き、舌で舐めた。

「……っ！　やっ、あ……、汚いよ、ヴィンセント。うぅ……んっ」

驚いた貴也がそう言ったが、ヴィンセントはやめるどころか、口に含んで丹念にしゃぶり始めた。

ヴィンセントの口腔の熱さ、柔らかい舌が動きまわる感触、そのえも言われぬ快楽に貴也は息が止まりそうになった。

後頭部をシーツに擦りつけ、腰をくねらせる。それが逃げる動きに見えたのか、ヴィンセントにがっちりと押さえこまれてしまった。

いっそう激しくなった愛撫が、未経験の陰茎に与えられる。

「ああっ、あ、あ、んー……っ」

目も眩《くら》むほど気持ちよかった。意識の片隅にデナーロの顔がちらついたが、舌で括《くび》れを擦られると霧散した。

全身を桜色に染めた貴也は、首を浮かせて下方に目をやった。開いた脚の間にヴィンセントが収まり、腰を抱えこんで、貴也の性器を口で可愛がってくれている。

男の頭が股の間にあるアングルは、不思議な感じがした。膨れ上がった陰茎が、ヴィンセントの唇に扱かれて見え隠れしている。

こんないやらしい光景は見たことがない。貴也はシーツを摑んでいた両手を、ヴィンセントの黒髪に差しこんだ。

「んっ、また、いっちゃう……！　あぁ、放して、お願い……っ」

口に出してはいけないと、貴也は射精感を堪えて懇願した。

痛くない程度に髪を引っ張ってもみたが、ヴィンセントは気にもとめず、さらに熱っぽく舌を動かした。先端の孔を舌先で抉られ、音がするほど吸い上げられる。

「ああ、だめ、だめ……っ、ああ、いやっ、い、く……っ！」

二度目の射精は、最初以上に強烈だった。

断続的に噴き上げる精液をヴィンセントは口で受け止め、ごくりと喉を鳴らして飲みこんだ。

力を失っていく性器を舌で優しくあやし、残滓まで啜ってから、ようやく顔を上げる。

ヴィンセントの口のなかで溶けてしまうかと思った陰茎が、外気に触れてひんやりした。

貴也が腕を伸ばすと、彼はそこに収まりに来てくれた。二度も達して満足していたが、もの足りなさがある。

「……最後までして。俺を抱いてください」

ヴィンセントが一瞬、呼吸を止めた。

男同士のセックスのやり方は、なんとなく知っている。想像すると痛そうだが、相手がヴィンセントなら痛くてもかまわない。

「あなたが欲しいんです、どうしても。駄目ですか。俺の身体、つまらない？」

「馬鹿を言うな。感じやすくて、いい身体をしてる」

「じゃあ、して。あなたを俺に教えてください」

ヴィンセントを引き止めるためというより、彼に抱かれたくて、貴也はしがみついた。ヴィンセントの衣服には乱れもなく、今すぐどこへでも出かけられる格好のままだ。

それに気づいた貴也は、ヴィンセントの胸元に手を差し入れ、ボタンを外そうとした。裸にしておかなければ、貴也を置いて出ていってしまう。

「……初めてなのに、俺でいいのか。俺のような男で」

「あなたがいいんです。あなたでないと、いやだ」

ヴィンセントは貴也の指をボタンから外させ、ベッドを下りた。

「ヴィンセント！　どこへ……」

「どこへも行かない」

慌てて追いかけようとした貴也を片手で制し、ヴィンセントは床に置いてあった彼のバッグのなかからチューブを取りだしてベッドの端に置いた。

そして、チューブとヴィンセントを見比べている貴也の前で、衣服を脱いだ。傷はあるが、筋肉に包まれた美しい肉体である。

同じ男なのに、見惚れてしまう。彼の下生えは髪と同じ黒だった。その下で、陰茎が半分ほど勃ち上がっていた。

「……」

いけないと思いつつ、貴也はじっと見つめてしまった。

完全に勃起していないのに、とても大きい。色も黒くて、貴也のものと違い、先端が剝けている。使いこまれた大人の男の性器だった。

「怖くなったか？」

ヴィンセントは貴也の視線に苦笑して訊いた。

「こ、怖くないです。ただ、すごいなと思って。逞しくて、格好いいなって……」

無邪気な貴也の感想に、ヴィンセントの肉棒が反応し、角度を変えて大きく膨らんだ。

変化するさまをもっと見ていたかったが、ヴィンセントがベッドに戻ってきて、窒息しそうなほど激しいキスをくれた。

ヴィンセントは貴也の全身に触れ、舐めまわした。乳首はとくに気に入ったらしく、右も左も時間をかけてこってりと吸い上げられる。

「ああ、やっ、くぅ……んっ」

貴也はシーツに髪を散らし、はしたない声をあげて悶えた。

指で触られたときも気持ちよかったが、口でされるともっとよかった。唾液でぬるぬるする突起を、指で弄られるのもいい。

ヴィンセントの手が貴也の太腿を押し広げ、尻の狭間をそっと撫でた。

びくんっ、と大きく震えてしまったが、触れられたことに反応したのではなく、そこで愉悦を感じたことに驚いたのだ。

「力を抜いていろ」

ヴィンセントが低く囁いた。

指は濡れていて、思った以上に簡単になかに入ってしまう。異物が侵入してくる違和感はあるが、痛みはない。

ヴィンセントは貴也の乳首を吸いながら、窄《すぼ》まりを指で慣らしている。きっと貴也の気を逸らそうとしているのだろう。

「あっ、あっ、いやぁ……っ、あぁっ……んっ」

指が奥のほうへ潜りこむとき、本数が増えるとき、乳首に刺激を与えられて、貴也は啜り泣いて喘いだ。なにがどうなっているのか、わけがわからない。

こりこりにしこった乳首はよく転がり、感じやすくなっている。歯で挟んでくびりだした先端を舌先で素早く擦られると、叫ぶような声が出た。

貴也の後孔にはいつの間にかヴィンセントの指が三本埋められ、肉襞を広げていた。快感で腰が浮き上がる。

「んんっ、いい……っ、お尻、気持ちいい……っ」

貴也は胸元のヴィンセントの頭を抱き締め、うわごとのように呟いた。

触られていない陰茎は、反り返って腹にくっついている。握りこまれただけで達してしまいそうなほどだが、まだ出したくない。

ヴィンセントとひとつになりたかった。ヴィンセントにも気持ちよくなってほしい。

「お前のなかに、入ってもいいか」

顔を上げたヴィンセントが、貴也に訊いた。

黒髪は乱れ、濡れている唇がなまめかしい。欲情に染まった瞳が、彼の興奮を貴也に教えてくれる。

貴也はヴィンセントを見つめて頷いた。指が引き抜かれ、片脚を抱え上げられる。

ヴィンセントのものも大きく張りつめていて、彼はそれにチューブから絞りだしたクリームのようなものを塗りつけ、貴也の窄まりに押し当てた。

「……っ、う、はぁ……っ」

入ってくる。熱くて硬いものが少しずつめりこんできて、貴也は顎を上げて喘いだ。

指で慣らされていても、きつかった。狭い肉の輪の抵抗を押しきり、一番太いところが収まると、少し楽になる。

ヴィンセントは入れては戻りしながら、未通の道を開いていく。たっぷり塗られたクリームのおかげか、思いのほかスムーズだった。

「大丈夫か、タカヤ。痛いか」

「……ううん、平気」

痛いというよりも、重苦しい。

ヴィンセントがしばらく動かないでいてくれたので、貴也は目を閉じて体内の肉棒に意識を集中させた。長さと太さがあり、信じられないくらい奥まで届いていた。

時間が経つと大きさに慣れてきて、広がりきっていた肉襞に余裕が生まれてくる。なかに横たわっている剛直を包みこんでねっとりと絡みついていくのを止めようとしたら、逆に締めつけてしまった。

「あぁ……ん」

甘えた声が喉から出た。

恥ずかしさで捩れた腰を掴んで、ヴィンセントが動きだした。

間違っても貴也を傷つけることがないように、慎重な動きを繰り返されているうちに、挿入の衝撃で緊張していた貴也の身体がふわっと緩んだ。

ヴィンセントの腰が大きく引かれ、戻ってきた。

「あっ……あっ、あぅ……っ」

初めて体験する快楽に、貴也はうろたえた。

勃起してあんなに逞しくなったヴィンセントの陰茎が、自分の尻にぴったり収まっただけでも驚きだったのに、出たり入ったりしている。それが明らかに気持ちいいのだ。

柔らかくも窮屈な粘膜を肉棒で擦られていると、腰の奥が疼いた。

突かれるたびに甘く鳴き、身をくねらせて感じている貴也を見て安心したのか、ヴィンセントの動きも大胆になっていく。浅いところや深いところでいったん止め、ぐるりとまわして貴也の具合と反応を確かめているようだ。

「ああっ！　んっ、んっ……そこ、だめっ」

ひときわ感じるところを擦られて、貴也は思わず叫んだ。

ヴィンセントはきゅうっと締まった肉筒の圧迫をものともせず、そこを目がけて突き上げ、出ていくときは括れで引っかけるようにして擦った。

「あっ！　あっ！」

貴也は身体を跳ね上がらせた。愉悦が強烈すぎて、じっとしていられない。

「タカヤ、タカヤ」

名を呼びながら、ヴィンセントが貴也を抱き締めてきた。

「んぅっ！」

挿入の角度が変わって、貴也がまた跳ねた。

初めてだというのに、恐ろしいほど感じている。なにをされても、どんな動きでも、快感しか得られない。

初体験を迎えたばかりにしては激しすぎる自分の反応に、貴也は泣きそうになった。淫らすぎて、ヴィンセントに嫌われると思ったのだ。

「ご、ごめんな、さい……。んん……っ、許して……」

「……なぜ謝る?」

ヴィンセントが腰を引いて動きを止めた。繋がってはいるが、肉棒の先がわずかになかに残っているだけで、今にも抜けてしまいそうな状態だ。

予期せぬ休憩を与えられた貴也の肉襞が、ヴィンセントを求めて激しくうねっている。絶望的なまでに浅ましい。

「だって、俺のからだ、いやらしい……っ。あなたが天使って言ってくれたのに、こんなにいやらしくて、ごめんなさい……!」

謝っている最中でさえ、貴也の腰は浮き上がり、ヴィンセントの肉棒を離すまいとしっかり締めつけていた。

最後まで聞いていたヴィンセントは口元に笑みを浮かべ、愛しげに貴也にキスをしてくれた。

「謝る必要はない。いやらしいほうがそそられる。お前のなかがよすぎて、たまらない」

「や……あぅっ、う、は……っ」

ずん、と重々しく突き上げられて、貴也は仰け反った。背筋がびりびりと震え、ヴィンセントにしがみつき、汗で滑る背中に爪を立てる。

入れたり出したりするスピードが上がった。

貴也は敏感に反応し、跳ねるたびにヴィンセントを締め上げ、低く呻かせた。屈強な男が漏らす吐息のような声はやたらとエロティックで、胸がざわめく。

貴也で感じてくれているなら嬉しい。

ヴィンセントは貴也の尻を摑み、律動に合わせて揉みこんだ。二人の身体が密着しているので、貴也自身もヴィンセントの下腹部で擦り上げられた。

「あぁ……っ、それ、いやっ、あっ、いい……っ」

大きな波のような愉悦に翻弄《ほんろう》され、意味のあることはしゃべれず、ひたすらに喘いだ。

終わりたくないのに限界が近づいてきて、抗《あらが》えない。ヴィンセントの動きは単調になっていたが、規則正しかった。

「んんっ、だめ……、あ、あ、あぁ……っ！」

奥深くに勢いよく潜りこまれた瞬間に、貴也はあえなく頂点を極め、二人の腹の間に三度目で薄くなった精液を吐きだした。

絶頂に痙攣している肉襞に締め上げられたヴィンセントも、少し遅れて射精した。熱いものが迸り、貴也の最奥を濡らす。

その感触に貴也はぶるりと震え、ヴィンセントに抱いてもらえた喜びに浸った。

射精がすんでも、ヴィンセントは貴也のなかから出ていこうとしない。貴也はすっかり安心し、呼吸を整えているうちにそのまま眠ってしまった。

11

気がついたら、貴也は独りぼっちだった。

部屋は暗く、身体には筋肉痛に似た重さがある。ぎこちない動きでベッドを這いでて照明をつけると、ヴィンセントの姿も彼の荷物も、なにもかもが消えていた。

貴也の全身にセックスの甘く重い刻印を残して、彼は行ってしまったのだ。

言葉もなく、貴也は崩れるようにベッドに倒れこんだ。キッチンやバスルーム、ほかのどの部屋を捜しても、いないのはわかっていた。

がっかりしたが、予想していた結果のような気もした。

ヴィンセントは貴也を守るためにデナーロを暗殺しに行こうとしていたのだから、貴也がなにをどうしたって、彼の計画を中止させることはできなかっただろう。

浅はかにも肉体で引き止めようとした貴也を抱いてくれたのは、同情もあったのかもしれない。

彼は貴也を嫌いだとは言わなかったが、好きだとも言ってくれなかった。

時計は夜中の三時を指している。

汗や精液で汚れていた貴也の身体は、綺麗になっていた。拭ってくれたのはヴィンセントしかいない。

「ふ……っ」

後孔に出された精液も掻きだされているようで、そこまでされても気づかず眠っていた自分の図太さに自嘲が漏れた。

ヴィンセントには余計な時間と手間をかけさせてしまった。少しは、彼も楽しめたと思いたいけれど。

貴也は夜が明けるまで、まんじりともせずに、ヴィンセントのことだけを考えていた。

一週間経って戻らなかったら、と彼は言っていた。つまり一週間のうちに計画を実行するのだろう。

今日は一日目。七日間もここで、彼の帰りをただ待っているのはいやだった。

しかし、どこに行けばいいのかも、なにをすればいいのかもわからない。ヴィンセントは殺し屋らしく、暗殺計画なるものを周到に練っているはずで、素人の貴也が勝手な行動をするのは、彼の足を引っ張るだけである。それは前回で懲りていた。

部屋が明るくなっても貴也は起きず、昼過ぎにようやくベッドを出た。ほぼ丸一日なにも食べていないが、さほど空腹は感じていない。

水を飲みにキッチンへ行けば、一週間以上ここで籠城しても生きていけるだけの食材がストックしてあった。優しいヴィンセント。彼のやることに抜かりはない。

ダイニングテーブルの上には、パスポートやカードなど昨日見たものに加え、以前貴也にくれたものではない、新しい携帯端末が置いてあった。もちろん、ヴィンセントに繋がる情報はなにひとつ登録されていない。

貴也は椅子に腰かけ、携帯端末と一枚のメモを両手に持って交互に眺めた。メモには貴也の新しい戸籍を用意してくれるという男の電話番号が載っている。

今のところ、ヴィンセントの様子を知っている可能性があるのは、このデイビッドという男だけだ。

かなり迷ったけれど、一週間後にヴィンセントが戻らない時点で連絡を取ってもいいのなら、今取ってもいいような気がした。ヴィンセントを介して、デイビッドは貴也の存在とその状況を知っている。

「デイビッドはヴィンセントの味方、最悪でも協力者だから、裏切ったりはしないはず……」

自分が前回と同じ過ちを犯していませんようにと祈りつつ、貴也や震える指で携帯に番号を打ちこんだ。

三コールで、デイビッドが出た。

「あ、あの、初めて電話をしています。その、日本人の戸籍の話を、ヴィンセントから聞いていますか。えっと、俺はイナミといいます……」

貴也は緊張のあまり、つかえながらしゃべった。

自分で言ったことが自分でもよくわからなかったので、もう一度落ち着いて説明しようとしたら、デイビッドの声が聞こえた。

『ああ、タカヤ・イナミだな。話は聞いてる。引き渡しは一週間後だったはずだが、どうした？まさか、予定が早まったのか？』

「い、いいえ！　早まっていないです」

予定が早まるというのは、ヴィンセントが斃《たお》れたということだ。誤解を避けるために、貴也は大きな声で否定した。

『なんだ、驚かせるなよ。じゃあ、どうしたんだ？』

電話の向こうで、デイビッドはほっとしたようだった。

少なくとも、ヴィンセントの無事を喜び合える立場だとわかり、貴也も安心した。

「ヴィンセントのことが心配なんです。どんなふうな計画になってるのかわからないし、どれくらい危険なのかも……。彼はどこにいるんでしょうか」

『ヴィンセントの計画なんて、俺も知らないよ。俺はやつの親友じゃない。やつから依頼があればそれに応えるだけだ。事情は訊かない。そういうことになってる』

「そうですか……」

貴也の沈んだ声を気の毒に思ったのか、デイビッドは心持ち優しげにアドバイスをくれた。

『あんたのことは、ちょっと聞いたよ。もしものときのフォローを頼まれて。マルコーニと揉めたんだろう。心配なのはわかるが、言われたとおりそこでおとなしく待ってろ。やつの腕はたしかだ。一週間後には帰ってくるさ』

「でも、ヴィンセントは最初、逃げるつもりだったんです。なのに急に……」

『そりゃ、あんたが百万ドルの賞金首になっちまったからな』

「ひゃ、百万ドル？」

貴也は鸚鵡返《おうむがえ》しに叫んだ。咄嗟には想像もつかない金額である。

『ああ。デナーロは本気になってる。あんたが証言台に立ったら、やつはもう逃げられない状態だと聞いたぞ。あんたも災難だが、賞金がかかっちまうと逃げ延びるのは難しい。それも百万ドルじゃな』

力が抜けて、貴也は携帯端末を耳に当てたまま呆然とした。

やっぱり、貴也のせいだった。あの日、貴也がヴィンセントの言うことを聞かず、警察なんかに行ったたから。デナーロに捕まってしまったから。

『タカヤ？　そう心配するなって。もしかしたらと思うんだが、あんたがやつの天使か？』

「……彼はそう言うんですけど、よくわからないです。覚えてなくて。あなたはなにか知ってるんですか？」

話題の変化に戸惑いながら、貴也は訊ねた。

『若いころ、天使に助けられて、地獄の入口から帰ってきたって話を一度だけ聞いた。十二年、いや十三年ほど前だったか、元ＦＢＩのじいさんとその孫に命を助けられたらしい。どうやら仕事でヘマをして――やつはヘマをして、なんて口が裂けても言わなかったが、血塗れになって路地裏で死にかけていたら、音痴な天使がへんてこな猫の歌を歌いながらやってきたそうだ。人間の子どもだったら悲鳴をあげて逃げだすだろうに、叫び声のひとつもあげなかったと。金色の巻き毛で背中に翼もあって、だから天使に違いないと言ってた』

十三年前というと、貴也は七歳だ。長期休暇を利用して、祖父の家に遊びに行っていた。

いつも両親と三人で行っていたのに、ちょうどそのあたりから仕事が忙しいと父が日本に残るようになって、寂しかったのを覚えている。

元気のない孫を励まそうと、祖父がいつにも増して貴也を外に連れだしてくれた。

「……あっ」

そこで、ようやく貴也の記憶の底からよみがえってくるものがあった。

大好きな祖父との散歩の途中、たしかに倒れている人を見つけた。へんてこな猫の歌はまったく記憶にないけれど、音痴には心当たりがある。

どのようにしたのかはわからないが、祖父はその男性を家の隣の納屋に連れて帰り、「お母さんには内緒だぞ。心配して大事になるからな。じいさんと男同士の約束だ」と貴也に言い聞かせた。

祖父が手当てをして、食事なども運んだようだった。

子どもの貴也はなにも考えず、母に隠れて、毎日男のもとに通った。犬を拾ったような気分だったのだ。

貴也の記憶にあった黒い大きな犬と、黒髪のヴィンセントが重なった。

当時の貴也にとっては祖父との「男同士の約束」が重要であって、怪我をした男のことはそれほど覚えていなかった。死にかけていたのかどうかもよくわからなかったし、男はあまりしゃべらなかった気がする。

だから、記憶が犬に変化していたのだろうか。そのあたりのことは、貴也自身にも謎である。

祖父がヴィンセントを助けたのも謎だった。

血塗れのヴィンセントは明らかに犯罪者の臭いがして怪しかっただろう。そんな男を納屋に運ぶのも、大事な孫と娘に近づけるのも、普通ならいやがるはずだ。

だが、祖父亡き今、理由を訊ねることはできない。

「ヴィンセントと、会ったことがあったんだ……」

貴也はデイビッドと繫がっているのも忘れて、呟いた。

自分がものすごく間抜けに思えた。人を拾ったか犬を拾ったかもわからなくなって、ヴィンセントに再会しても、彼から話を聞いても思い出せなかったなんて。

『天使のおかげで生き返ったろくでなしの暗殺者は、天使を守るためならなんでもするよ。やつを信じて待ちな。一週間過ぎても帰ってこなかったら、もう一回俺に連絡しろ』

デイビッドは念を押して電話を切った。

椅子に座りこんだまま、貴也はヴィンセントを想った。

この十三年間、ヴィンセントは祖父だけでなく、貴也のことも見守ってくれていたのだろう。

貴也は天使ではなかった。なにも考えていない子どもに過ぎず、ヴィンセントを助けたのは祖父だった。なのに、貴也のために命を懸けてくれている。

恩義があるとはいえ、アメリカと日本で離れ暮らす二人を十三年間も見守り続けるのは、大変なことだ。四六時中張りついてはいなかっただろうが、それでも、祖父の事故死を知り、貴也を連れだしに来てくれるまでの時間は短かった。

普段からいかに二人を気にかけていたかが、よくわかる。

勤勉で誠実なヴィンセントは、こんな事態にでもならないかぎり、貴也の前に姿を現すことはなかっただろうと思う。殺し屋が天使に触れてはいけないと、本気で考えていた。

壁にへばりついて、貴也に触れたら感電死するみたいに避けていた日のことを思い出すと、笑いがこみ上げてきた。

「……っ」

笑うと同時に涙が溢れてきて、貴也は顔を覆った。

ヴィンセントはもう長いこと貴也を守ってくれていたのに、信用していなかった。

彼を裏切って傷つけた。

ヴィンセントが汚れていると思ったことはない。彼はあんなに気にしていたのに、もっとそう言ってあげればよかった。

彼に会いたい。彼の顔が見たい。彼に生きていてほしい。

「ヴィンセント、ヴィンセント……！」

貴也は嗚咽《おえつ》した。

ヴィンセントに対する愛しさがこみ上げてきて、たまらなかった。

生存本能がどうとかヴィンセントは言っていたけれど、やっぱり貴也はヴィンセントが好きだった。

十年以上も貴也を見守ってくれて、殺し屋であることに引け目を感じ、貴也に触れないようにしていた彼の繊細さが愛しかった。

彼にとって大事な思い出を、貴也が忘れているように願った彼の優しさは、なにものにも代えがたいものだ。

ヴィンセントは貴也のために、デナーロを暗殺しに行くと決めていた。

身体を使って引き止めようとした自分が情けなくて、壁に頭をぶつけたくなった。

昨夜は、あなたを愛しているから行かないでと言うべきだった。彼は貴也がなにを言おうと、貴也を置いていったに違いないが、それでも愛は伝えるべきだった。

どうか、生きて、貴也のところに帰ってきてほしい。

ヴィンセントが帰ってきたら、言えなかった言葉をすべて打ち明けたい。彼を忘れ、彼の献身に気づかなかったことを謝りたい。

彼と離れたくないのだ。戻ってきたら、もう放さない。

今の貴也にできるのは、チャンスを与えてもらえるよう神に祈ることだけだった。


永遠の一週間が過ぎ、ヴィンセントは帰ってこなかった。

その間、貴也は最悪の想像をしては、胸が張り裂けそうになって何度も吐いたり、彼やマルコーニファミリーの情報を手に入れられないもどかしさでのたうちまわった。

ヴィンセントのことが心配で仕方がないのに、腹が減って食事をする自分に幻滅し、シャワーを浴びて身体を清潔に保とうとしていることに罪悪感が募った。

ベッドでは眠れなかったので、ほとんどの夜をリビングのソファで過ごし、つねに寝不足で頭が痛い。

一週間が終わる区切りが明確にわからず、貴也は念を入れて八日目の午前零時まで待ったが、アパートのドアを叩くものはいなかった。

ここにいても、ヴィンセントは来ない。

貴也はそれだけを理解し、着の身着のままでふらふらと部屋を出た。変装のためのウィッグもつけていない。

ヴィンセントが帰ってこないなら、どうなってもよかった。貴也のために彼が犠牲になったのなら、貴也も彼と同じ場所に行きたいくらいだった。

彼が待っていると思えば、死も怖くない。祖父だって母だっている場所だ。むしろ、早く行ったほうが幸せではないのか。

そんなことを考え、アパートの一階に下りた貴也は、無意識のうちに駐車場のほうへ足を向けていた。ヴィンセントが車で連れてきてくれて以降、外に出たことがないので西も東もわからず、唯一知っているのが駐車場だったのだ。

あの日、ヴィンセントはどこに車を停めていただろう。停車している車を見渡しながら、貴也は記憶を探った。乗っていた車も、途中で乗り換えたせいか、あまりはっきりとは覚えていない。

期待しないように見渡したが、見覚えのある車は停まっておらず、ここではないかと思っていた駐車スペースは空いていた。

がっかりしたとき、エンジン音が聞こえてきて、黒いフォードがかなり勢いよく駐車場に入ってきた。急いでいるのだろう、空いていたスペースに滑りこみ、すぐにドアが開いて長身の男が出てきた。

貴也は駐車場の入り口で突っ立ったまま、見ていた。外灯からは少々距離があるが、あのシルエットを見間違うわけがない。

大股の早足で歩きだした男も、自分を見ている人間がいることに気づいたらしい。警戒するように立ち止まって、貴也を見た。

「……タカヤ?」

声が聞こえた瞬間に、貴也は全速力で駆けだした。

ヴィンセントだけを見つめていたので、足元の段差に気づかず、躓いて前のめりになったところを、ヴィンセントが受け止めてくれた。

「ヴィンセント、ヴィンセント……！　帰ってきた！」

貴也はヴィンセントにしがみつき、胸元に顔を擦りつけた。血の臭いも硝煙の臭いもしない。するのは、彼の匂いだけだ。

怪我を負って帰ってくる可能性も高いと思っていたから、元気そうなのが嬉しかった。彼は我慢強いので、あとで全身をチェックしないと本当に安心はできないけれど。

「すまない、ちょっと遅刻した。昨日の夕飯までには帰る予定だったんだが」

申し訳なさそうに謝る彼に、涙が溢れた。

「お、俺のほうこそ、ごめんなさい。部屋を出て、こんなところまで来て……」

遅刻だとは思えなくて、諦めながら自暴自棄になって出てきたとは言えなかった。

「褒められたことではないが、そもそも俺が遅刻したのが悪い。部屋へ行こう」

「いやだ。離れたくない」

絞め殺さんばかりに絡みついている貴也にヴィンセントは苦笑し、このまま部屋へ連れていくのは無理だと悟ったのか、車の後部座席のドアを開けた。

貴也はシートではなく、ヴィンセントの膝に乗り上がって座った。抱きついていたら、そうなったのだ。

彼が帰ってきたら話したいと考えていたことがたくさんある。順番を整理できる冷静さはまだなくて、貴也は思いつくまま話した。

「俺、あなたのことを思い出したんです。十三年前のこと。俺はあなたのことを忘れてしまったばかりか、あれは大きな黒い犬だった、なんて変に記憶も歪んでて、あなたの話を聞いても思い出せなくて、ごめんなさい。あのとき、実質的にあなたを助けたのは祖父一人で、俺は天使なんかじゃなかった。なのに、あなたは俺のこともずっと見守ってくれてたんですね」

「お前は間違いなく、俺にとっての天使だ。お前がいなければ、ルイージは俺を助けようとはしなかった。犯罪の臭いが明らかな瀕死の俺を、元ＦＢＩ捜査官が手当てまでして見逃したわけを知っているか」

「いいえ」

「お前が俺を怖がらなかったからだと、ルイージは言っていた。子どもは正直で、血塗れの得体の知れない男を見たら泣き叫ぶのが普通だ。なのにお前は泣くでも叫ぶでもなく、俺にくっついて離れなかった。それで、俺を助けてみる気になったそうだ。一生一度の気の迷い、俺の今後の生き方によっては、生涯の後悔になるかもしれないと悩んでもいた。無邪気なお前は俺のところにやってきては、頭や身体を小さいもみじのような手で撫でてくれた。無垢な温かさが俺を救った。俺のような人間でも生きていていいのだと言われている気がして、お前のためならなんでもしようと思った。お前の幸せのために、不可能も可能にすると」

貴也はまた泣いてしまった。しゃくり上げ、ぽろぽろと涙を零す貴也の背中を、ヴィンセントが優しく撫でてくれる。

貴也が落ち着いてくると、ヴィンセントは静かに告げた。

「デナーロは死んだ」

息と涙が同時に止まった。

ヴィンセントが帰ってきたということは、そういうことなのだ。わかっていたはずなのに、改めて言われると安心した。あの悪魔のような男は、もうこの世にいない。

貴也は顔を上げ、泣き濡れた顔でヴィンセントに微笑みかけた。

「ありがとう」

人を殺してもらって礼を言うのはおかしいのかもしれないが、ありがとう以外に言葉が見つからない。

殺してくれてありがとう。貴也にできないことをしてくれて、本当にありがとう。

ヴィンセントは貴也の頬の涙を指で拭い、つらそうな顔で言った。

「お前の人生を元通りにするには、もうしばらく時間がかかる。明日、お前はとりあえず、ハルト・オハラとして日本に帰国しろ。自宅には戻らず、大学や友人にも連絡はするな。ウィークリーマンションでも借りて、俺がいいと言うまで身を潜めていてくれ」

「どうして？　デナーロはもういないのに？」

「お前はデナーロに賞金を懸けられていた。デナーロが殺されたら、お前に疑いの目が向く。ボスを殺《や》られたばかりで、やつらの気も立っている。今はまずいんだ。だが、少年を虐待して殺害していたデナーロの評判は最悪で、手下どもは何年かけても必ず報復してやると決意するほど、やつに心酔していない。新しいボスが立って組織が落ち着けば、マルコーニのやつらはお前への興味をすぐに失うだろう。失わないやつは俺が消す。それには少し時間がかかるんだ」

貴也はぼんやりとヴィンセントを見つめ、彼の話の内容を理解しようとした。

どうやら、伊波貴也の危機は去っていないらしい。しかし、一般人の貴也がデナーロを殺せるはずもなく、貴也に代わって手を下した犯人がいることは、誰にでも想像できるだろう。

ボスを殺されたファミリーは犯人捜しに躍起になっているはずだ。

ヴィンセントという暗殺者にたどり着く確率は、高いのか低いのか。わからないが、立場のまずさは貴也もヴィンセントも変わらない。

むしろ、実行犯のヴィンセントのほうが危ない気がする。

「日本へは、あなたも一緒ですよね？　この国をすぐにでも出るべきなのは、あなたも同じ。そうでしょう？」

頷いてほしくて、確認する貴也の声が震えた。

「俺は行かない。マルコーニファミリーの様子を探らないと」

ヴィンセントは優しく告げた。

それは貴也のためだった。日本に帰った貴也を追いかけようとするものを見極め、始末するために、彼はアメリカに残るつもりなのだ。

「そんなの駄目です！　あなたと一緒でないと、俺はどこへも行きません！」

猛然と叫び、貴也はヴィンセントのシャツを摑んだ。

彼を残してなど行けるものか。彼がいなければ貴也は死んでいた。それも屈辱と苦痛を最大限まで引きだされた最悪な死に方をしたはずだ。

そして、死体はどこかの土の下か、海の底。発見されて身元が判明したら儲けもの。

そんな悲惨な運命から逃がしてくれた彼を、これ以上の危険に曝させるわけにはいかない。

ヴィンセントは幼い貴也に命を救ってもらった恩返しに、なんでもするつもりでいるようだが、貴也は彼にすべてを犠牲にしてほしいなんて思っていない。

だって、貴也はヴィンセントが好きなのだから。

「そういうわけにはいかないんだ、タカヤ。偽名を使って一人になるのは心細いだろうが、できるだけ早く本来のお前に……」

「心細いから、あなたについてきてほしいんじゃありません！」

貴也はヴィンセントのシャツを揺すり、途中で遮った。

「俺はあなたと一緒にいたい。あの日、あなたに抱いてもらえて、俺がどんなに幸せだったか。なのに、目が覚めたらあなたはいなくて、あなたの無事を祈って待つことしかできなかったこの一週間は、地獄にいるみたいだった。今日、外に出たのは、あなたが帰ってこないなら、あなたがいる場所へ俺も行きたいと思ったからです。死んでもどうなってもかまわなかった」

「タカヤ……」

「でも、あなたは帰ってきてくれた。俺はあなたと離れたくない。あなたが好きなんです。あなたも危ないとわかっているのに、一人では逃げたくない。あなたと生きられるなら、伊波貴也という人生を喜んで捨てる」

切々と貴也は訴えた。一週間、頭がおかしくなるほどずっと考えていたことだから、すらすらと話せた。

ヴィンセントにとって、貴也という存在はただの重荷にしかならないのかもしれない、という不安はつねに存在している。彼はきっと、一人のほうが身軽に動ける。

だから、ヴィンセントとともに逃げたいというのは、貴也の我儘なのだろう。

「馬鹿を言うな。お前は俺とかかわるべきじゃない。前にも言っただろう？　今は異常事態にパニックを起こして、俺を好きだと勘違いしてるだけだ。後悔するに決まってる」

ヴィンセントはシャツを摑む貴也の手を上から握り、なだめるように言った。

「後悔なら、もうしました。あなたを一人で行かせて、あなただけを危険に曝してしまったことを。あなたは俺の想いを生存本能のせいにしたいらしいけど、それは違います。もしかして生存本能のせいにするのは、体《てい》のいい断り文句？　抱いてくれたのも同情ですか？　俺があんまり必死だったから」

「違う。断ってはいない。お前を抱いたのは、抱きたくてたまらなかったからだ。抱いてはいけないと思っていたのに、耐えられなかった」

抱きたかったと言われて、貴也はほっとした。

「俺は馬鹿だけど、自分の欲しいもの、選ぶべきものがなにかはわかってるつもりです。あなたを待っている間、あなたのことしか考えられなかった。なにもできない自分の無力が情けなくて、憎かった。あなたと一緒に死にたいと願った俺の気持ちを、勘違いだなんて言われたくない。あなたを愛してる」

気持ちが伝わるように、グレイの瞳をひたと見つめて貴也は言った。

絶対に勘違いなんかじゃない。彼を逃がしたら、それこそ死ぬまで後悔する。今日の選択をするために、十三年前の運命の出会いがあったのだ。

「タカヤ、忘れているのなら思い出せ。俺は金をもらって人を殺す。なんの感情もないし、それ以外の仕事はしたことがなく、しようと思ったこともない。俺の行き先は地獄だ」

ヴィンセントは貴也が怯むと予想していたようだが、貴也もそのことについては考えていた。それはヴィンセントの人生そのものだから、考えないわけにはいかなかった。

貴也はヴィンセントの右手を探しだし、しっかりと摑んだ。貴也の想像もつかないほどの人の命を奪ってきた手で、貴也を守ってくれた手でもある。

「あなたの職業が特殊なのは認めるけど、俺が生きていられるのはあなたのおかげです。あなたが地獄へ行くなら、俺もついて行きます。ヴィンセント、俺はあなたを受け入れられると思う。あなたの仕事、あなたの人生、あなたの思想、そしてあなたの倫理観。意見が食い違うことがあるかもしれないけど、お互いに歩み寄れば、妥協点を見つけられるはず。あなたは俺に恩返しをするためだけに守ってくれてたの？　俺と一緒にいたくない？　地獄でも俺を守らないといけないとわかったら、逃げだしたくなった？　抱いてはくれても、愛してはくれない？」

怒濤の問いかけだった。

必死な貴也についに観念したヴィンセントは、左手で貴也の頰を包んだ。

「わからないのか？　俺が言い訳を山ほど拵《こしら》えて拒絶するのは、お前を愛しているからだ。愛しているから、抱いた。慎重になってほしいのは、ここが運命の分かれ目だからだ。俺の手を取ったら、もう後戻りはできない。お前を手放せる自信がない」

ヴィンセントの言葉が頭に浸透してきて、貴也の目から涙が溢れた。

貴也にとっての運命の分かれ目は、デナーロに拉致された貴也をヴィンセントが助けに来てくれたときで、とっくに過ぎているのに、彼こそわかっていないらしい。

貴也はヴィンセントの胸に顔を擦りつけ、彼のシャツで涙を拭う暴挙に出た。

「ほ、本当に俺を愛してる？　もう一回言って。いつから、愛が芽生えたのか教えて」

「俺にもよくわからない。お前とルイージに恩返しをしようと決めてから、俺はお前の成長を見守ってきた。日本にも何度も行った。美しく育っていくお前は可愛かったが、抱きたいと思ったことはない。そういう対象ではなかった。ルイージがあんなことになって、お前と接触するようになっても、それは変わらなかった」

「でも、熱が出たとき、俺にキスした……」

釈然としない思いで、貴也は呟いた。

「俺は殺し屋だが、分別はあるつもりだ。子どものときから見守ってきたお前に欲情なんてしないと、自分で自分を戒《いまし》めていたのだろうと思う。それが、デナーロに奪われそうになって、分別やら理性やら常識やらの蓋が外れた。隠しておくつもりだったが、お前も知ってるとおり、うまくいかなかった。まだ二十歳でしかないお前を抱いてよかったのか、今でも迷いがある」

「迷わないで。あなたは俺が三十歳くらいならよかったと思ってるのかもしれないけど、二十歳なんだから仕方がないです。でも俺だって毎年年を取るし、あなたの分別が納得する日が必ず来ます。だから我慢してください。俺の身体が子どもで、よ、よくなかったんなら、頑張るから」

顔を上げて、貴也は必死に食い下がった。若いと気にしているのはヴィンセントだけで、貴也は三十六歳のヴィンセントが大好きだ。

大人で落ち着きがあるし、頼り甲斐もあって、セックスもとてもよかった。ヴィンセントが教えてくれれば、貴也の未熟な性的技術も上達して、彼を満足させられるだろう。

「よくないなんて誰が言った。よすぎるから困る。俺にあんなに馴染んだ身体は初めてだ」

ヴィンセントの男くさい表情を目の当たりにして、貴也の頬が赤く染まった。性的な話に慣れていないので恥ずかしい。

「も、もっと頑張る……。俺はあなたしか欲しくない。俺を愛してくれてるなら、俺と一緒に逃げて。お願い、お願い……！」

貴也がこれだけ頼んでも、ヴィンセントはしばらく迷っていた。その迷いの長さは、貴也への愛の深さと比例している。

ヴィンセントなしの貴也の人生と、ヴィンセントありの貴也の人生。どちらが貴也にとっていいのか、貴也には明白なことでも、彼は即座に判断できないのだ。

それがわかっているから、貴也は待てた。もちろん諦める気は毛頭なくて、頷いてくれるまで粘るつもりだったけれど。

ヴィンセントは無言で貴也の背中や髪を撫でていた。頬を指の背でなぞってきたので、貴也は口を開いて、その指を嚙んでやった。

何度か甘嚙みしてから、ぱくりと含み、舌で舐める。ヴィンセントの手が好きだった。長くてしなやかで、銃を扱う仕種が格好よくて見惚れるほどだ。

「ん、ん……っ」

指を吸うのに夢中になるあまり、小さな声が出ていることに貴也は気づかなかった。自分がどれだけ淫らな行為をしているのかも。

「……タカヤ」

低く呻いたヴィンセントは、指をゆっくりと引き抜き、しゃぶる形に尖っている貴也の唇に、嚙みつくようにキスをした。

口内をまさぐられ、舌を絡められては強く吸い上げられる。二人の味が混ざり合った唾液を、貴也も飲んだ。

激しいキスにくたっとなって身を預けた貴也に、ヴィンセントが言った。

「俺についてきてほしい。お前は俺が守るから、俺のものになってくれ」

「……はい！」

貴也はヴィンセントをぎゅっと抱き締めた。

ようやくもらえた言葉に歓喜がこみ上げてきて、全身を静かに満たしていく。

ヴィンセントは生きていた。貴也のところに帰ってきてくれたのだ。彼と二人でいられることに、改めて感動が溢れてくる。

「部屋に戻ろう。朝になればここを発つ。出ていく用意をしないと」

「ん……」

腕のなかに戻ってきたヴィンセントの温かさをもっと確かめていたいけれど、そうもいかず、貴也は小さく頷いた。

車を降りて、ヴィンセントにぴったりと寄り添いながら、アパートに向かう。

どうなってもいいと自暴自棄になって部屋を出た貴也は、鍵も持っていなかった。無施錠の玄関ドアを開けるヴィンセントが苦笑しているのを見て、身を縮める。

「ごめんなさい」

「謝るな。怖い思いをさせて悪かった」

「あなたこそ、謝らないでください。毎日毎日、あなたのことを考えて後悔してた。行ってしまうあなたに、愛してるって伝えておけばよかった。愛してるから生きて帰ってきてって。待ってるからって」

「ちゃんと帰ってきただろう。お前のところへ。俺もお前のことを考えていた。お前の綺麗な身体を、もっと時間をかけて隅々まで愛したかった。お前が俺を忘れないように、深く刻んでやりたかった」

貴也は息を呑んだ。

ヴィンセントがそんなことを口に出して貴也に言うとは思わなかった。今までのストイックな彼とは違う。

ぞくぞくするほど素敵だった。貴也と生きることを選び、貴也の肉体を知って、彼も変わろうとしているのかもしれない。

「俺を、抱きたいと思う?」

「できるなら、今すぐにでも」

覗きこんだヴィンセントの瞳には、欲情が宿っている。貴也の目にも、同じものが宿っているはずだ。

「……俺も。ヴィンセントにしてほしい」

ヴィンセントが貴也の唇を奪った。

どさりと、彼が持っていたバッグが床に落ちる音がして、強く抱き寄せられる。身長差があるので、ヴィンセントは背を屈め、貴也はヴィンセントの首に両腕をまわし、ぶら下がるようにして背伸びをしていた。

玄関を入ったばかりで、寝室どころかリビングにすら到達していないのに、触れ合ってしまうと、一瞬でも離れたくなくなってしまう。

口のなかを、厚みのある舌が動きまわっている。慣れていない貴也は受け身にまわる一方だが、強引に貪られるキスは心地よかった。

頭の奥が痺れてきて、以前ヴィンセントがしてくれた卑猥な行為ばかりを思い出す。

「ん、んっ」

貴也は喉元で小さく声を漏らしながら、早くも火照り始めている自分の身体をヴィンセントに擦りつけた。

「タカヤ。夜が明けたらここを出るのは決定事項だ。じっくり抱いてやれる時間はないが、それでもいいか」

唇を離してヴィンセントが言い、貴也は語尾に被せるようにして何度も頷いた。

「もちろん。あなたが帰ってきたことを、俺の身体に教えてください」

時間をかけようが、あっという間に終わろうが、ヴィンセントに抱いてもらえるならなんでもよかった。

ヴィンセントは足元のバッグをあさり、貴也も見覚えのあるチューブを取りだしてポケットにしまった。

二人が繋がるために必要なものだ。興奮と期待で貴也の喉はからからに渇き、脚が震えて立っているだけで精一杯になった。

「俺にもお前を教えてくれ。お前のすべてを味わいたい」

貴也はヴィンセントに抱き上げられ、彼の部屋へと運ばれた。


「あっ、あ……ぅ、あぁ……っ」

粘つく声が貴也の喉から漏れては、シーツに吸いこまれていく。

全裸でベッドにうつ伏せ、尻だけを高く掲げている体勢は、頭が沸騰するほど恥ずかしかった。

ヴィンセントがその尻に顔を埋め、恥ずかしい窄まりを舌でたっぷりと舐め溶かしている今はとくに。彼は本当に、貴也のすべてを味わおうとしているらしい。

「そんなとこ、舐めちゃだめ……、やっ、あうぅ……っ！」

なかに潜りこんできた舌先に肉襞を擦られて、貴也は喘いだ。

ヴィンセントの舌は信じられないほど勤勉だった。濃厚なキスで貴也の息を弾ませ、全身を舐めまわし、両方の乳首をしこたま吸ってから、陰茎をしゃぶりたてた。

そして、続けざまに二度達して力の抜けた貴也に尻を差しださせ、悠々と堪能している。

内も外も、ふやけるくらいに唾液で湿らせてようやくヴィンセントは唇を離し、代わりに指を差し入れてきた。

最初のときとは体勢が違うが、どんなことをされるかわかっているぶん、貴也にも余裕があった。指の動きは丁寧で、舌では届かないところを優しく擦ってくれる。

ヴィンセントは指を二本に増やしながら、指で広がった窄まりを舌でなぞった。

貴也の身体が前に逃げようとすると、すかさずヴィンセントに引き戻される。ぺたりと伏せた胸がシーツに擦れ、予期せぬ愉悦が乳首を走った。

「くぅ……、んっ、はっ……、あっ」

反射的に秘部が締まったが、それを押し戻すようにヴィンセントがなかに入れた指を開いた。広げられた入り口に、ふうっと息が吹きかけられる。

新しい快感に内壁がひくついた。

「初々しくて綺麗な色をしてる。ねっとりとうねって、いやらしい」

「いやぁ……」

貴也は首を振り、シーツを摑んだ。

ヴィンセントに見られているのだ。身体のなかを。これが、セックスでは当たり前の行為なのだろうか。体内に隠れた色や、肉のうねりまで確認されることが。

指が閉じられ、ゆったりと動き始めた。襞のひとつひとつを指の腹で伸ばし、反応したところは念入りに擦られる。

貴也の陰茎は触れられてもいないのに、すっかり勃ち上がっていた。貴也が尻を動かすたびに、勃起したそれもゆらゆら揺れる。

「だ、め……っ！　また、いっちゃう……っ！」

「かまわない。ここでお前がいくところを見せてくれ」

「やだっ、見ないで！」

貴也はぎょっとして腰を捩った。

そういう瞬間は、人に見せるものではないと思う。頭が真っ白になって、どんな声を出し、どんな反応をしているか、自分自身でもわからないのに。

「お前は尻の振り方まで可愛いんだな。いってくれ、俺の指で。いくまで、こうしていてやる」

出し入れする指の動きが速くなり、貴也は奥歯を噛んだ。

だが、御しがたい快感がせり上がってくると、すぐに唇は解けて甘い声が出てしまう。もう我慢できない。

「ああ……っ、いやっ、い、や……ぁっ！」

貴也の尻ががくがくと震えた。張りつめていた性器が支えもなく弾けたために、精液が広範囲に飛び散っていく。

ヴィンセントは貴也の絶頂を間近から眺め、余韻でヒクついている尻にご褒美のようにキスをくれた。

指が抜けていき、空虚感に不満を覚える間もなく、丸みを帯びた熱いものが押し当てられる。

「タカヤ、お前のなかに入りたい」

貴也は返事の代わりに、わななく尻を突きだした。早くヴィンセントとひとつになりたい。ヴィンセントの熱さや激しさをこの身で受け止め、彼と混じり合いたい。

「ん、あ、あー……っ！」

ヴィンセントの先端が入ってくると、貴也はたまらず喘いだ。

執拗な愛撫で柔らかく緩んだ後孔は、怯むことなくそそり立った肉棒を包みこんだ。潤滑剤を使っているのか、挿入はとても滑らかで、いとも簡単に根元まで埋まっていく。


「う、うう……っ」

隙間なくみっちりと満たされて、さっき達したばかりなのに、貴也はまた喜びの頂にのぼりつめそうになった。

ヴィンセントを愛していなければ、こんなに深いところまで受け入れられない。自分の身体がヴィンセントのために開いていることが嬉しかった。

貴也を傷つけないように、ヴィンセントが静かに抜き差しを始めた。ずるずると肉棒が抜けていき、また戻ってくる。


「はぁ……、あぁ……ん」

背筋に甘い痺れが走った。肉襞を硬茎で擦られる快感もさることながら、獣のような格好で、ヴィンセントに後ろから貫かれるという卑猥な状況にも昂っていた。

ヴィンセントが上体を倒し、貴也の背中に覆い被さった。両の肩甲骨に音を立ててキスをし、軽く嚙んでくる。

きゅうっと秘部を締めつけた貴也の耳に、ヴィンセントの囁きが忍びこんできた。

「俺を覚えてくれ、タカヤ。俺の形や、やり方を」

「んんっ……！」

貴也は頷き、後孔に意識を集中させた。

動き続けているヴィンセントの形を覚えるのは難しい。やり方も、単調なリズムがときどきずらされて狂うので、ついていけない。

でも、貴也の身体にぴたりとはまっている。

「あ、あつくて、硬い……。おっきい……、あぁ、気持ち、いい……！」

肘をついてシーツを摑んでいなければ、どんどん前に押しだされてしまうほど、ヴィンセントの突き上げが激しくなった。

擦れ合っている粘膜が火傷しそうなくらい熱い。終わりを先延ばしにしたくて、貴也は懸命に堪えたけれど、身体が勝手に頂点へと駆けていってしまう。

「だめ……っ、いや、いく……っ、いやっ、あ、あっ……！」

貴也の身体が強張り、咥えこんでいた剛直をぎゅうっと締め上げた。薄くなった少量の精液が、ぽたぽたと落ちてシーツを濡らす。

ヴィンセントが狭い道をこじ開けるように潜りこんできて、熱いものを迸らせた。

「んっ、んっ」

膝も尻も震わせながら、貴也は体内で放たれているヴィンセントの精液に恍惚となった。射精は長く続き、どくどくと脈打っている肉棒が愛しい。

ヴィンセントはすべてを出し尽くし、最後に二、三度腰を動かして、貴也のなかから出ていこうとした。貴也と違い、一度しか達していない彼自身はまだ硬さを残している。

引き止めたくて、蕩けた肉襞できゅっと締めつけたら、ヴィンセントが呻いた。

「あまり煽るな。ただでさえ、離れがたいのに」

「……離さな……、あぁ……っ」

離さないでと言い終える前に、ヴィンセントは肉棒を抜き取ってしまった。

貴也はくったりとベッドに倒れこんだ。脱力している身体を、ヴィンセントが軽々と仰向けに返し、汗で濡れた肩や鎖骨に口づけてくる。

「外が少し、明るくなってきた」

ヴィンセントはそう言いながら、口づけの雨を降らせるのをやめようとしない。胸元をさまよっていた唇が、乳首を啄んだ。

「あっ、あっ！」

どこもかしこも敏感になっている貴也は、大きく喘いで背中を仰け反らせた。

自分の乳首が硬く尖っていることを、ヴィンセントの舌で転がされて知った。胸は平らで突起も小さく、しゃぶるにはもの足りないようにも思うのだが、彼はこれが気に入っているらしい。

下から上へぴんぴんと弾かれ、次は上から下に押し下げられる。乳頭をきつく吸い上げられると腰の奥がじんと疼き、ヴィンセントが残したものがとろりと溢れて出てきた。

セックスが終わったあともこうして乳首を吸うのが、ヴィンセントのやり方なのだろうか。

こんなことをされたら、貴也はいつまで経っても終われない。何度も達して腰は重く痺れているのに、際限なく欲望が湧き起こってくる。

「もう一回、して……」

貴也の囁きに、ヴィンセントが顔を上げた。

彼の瞳からも、欲情は消えていなかった。消そうと努めながら、消しきれずに苦心しているようにも見える。

「時間がないのに、お前の甘い声を聞くと止められない。……愛してる」

「俺も、愛してる……！」

貴也の脚の間に、ヴィンセントの腰が割って入り、精液でぬかるんだ秘部に逞しい肉棒が戻ってきた。

貴也は満たされ、安堵した。

逃亡の日々が続く不安は、これっぽっちもなかった。名前も国も必要ない。どこででも生きていける。

ヴィンセントさえいれば。

エピローグ

貴也を連れていくつかの国を転々としたのち、ヴィンセントはロンドン郊外に一軒家を借りた。マルコーニファミリーの新しいボスはかなり求心力があるようで、デナーロ暗殺と賞金首の貴也のことは過去になりつつある。そろそろ一ヶ所に落ち着いてもいいころだった。

イギリスを選んだのは貴也で、専門学校へ行って情報科学を学び、技術を身につけたいという。パソコンにしてもなんにしても、あまりに無知で、ヴィンセントにすべてを頼っているのが情けなくなったらしい。

頼ってもらえるのが嬉しいので、貴也にあれこれさせたくはなかったが、やりたいというものを止めるつもりもなかった。

貴也はユウキ・ブライアンという日系人の名前で、元気に専門学校に通っている。通学に必要だという車の免許も取り、毎日充実しているようだ。パスポートや身分証明の件で連絡を取るデイビッドと仲よくなっているのが、少々気に入らない。

ヴィンセントはマフィアの動きを探ってはいたが、殺し屋稼業からは足を洗った。

イギリスに来てからは、ニッキー・アンダーソンと名前を変えてネットビジネスを始め、簡単なプログラムを作っては売っている。貴也と二人で豪遊しながら暮らしても充分すぎるほどの金は稼いであるので、ただの暇つぶしだ。

殺し屋という仕事に嫌気が差したのではない。人を暗殺する計画を練り、完璧な仕事をしたときの満足感は、作ったプログラムが売れたときとは比べものにならないほど大きかった。

だが、ヴィンセントの腕のなかには天使がいた。いくら仕事であっても、天使を抱えながら人を殺すことはできない。

ガレージに車が入ってくる音がした。ほどなく、ドアが開けられる。

「おかえり」

出迎えたヴィンセントを見て、貴也は弾けるような笑みを見せてくれた。幸せでたまらないという顔を見るたび、ヴィンセントも幸福に包まれる。

「ただいま！」

胸に飛びこんでくる貴也を受け止めて、キスをした。

一緒に暮らすうちにわかったが、貴也には甘えん坊なところがある。離れたらまるでヴィンセントが消えてしまうとでもいうように、始終くっついていたがった。

ヴィンセントは自ら望んで足を洗ったのに、貴也はそれを自分のせいだと考えている。ただ逃げては隠れているだけの日々に、ヴィンセントが退屈していると思っているのだ。

もちろん、それは愚かな勘違いである。

自分のすべてを知り、受け止めてくれた恋人と一緒に暮らす平穏な日々が退屈であるわけがない。ヴィンセントにとって今がどれほど幸福か、貴也に教えこまなければならない。

それがヴィンセントの目下の仕事だった。

舌を絡ませ、深いキスをしながら、ジーンズを穿いた形のいい尻をまさぐる。

「ん……、こんなとこでするの？　今帰ったばかりなのに？」

貴也はそう言いながら、ヴィンセントの手に腰を押しつけてくる。もの慣れなかった純真な天使はずいぶんいやらしくなったが、淫らな天使も好みだ。

「いやか？」

「いやなわけない。あなたに抱かれるのが一番好き。愛してる、ニコラス」

ヴィンセントはさらに幸福で満たされた。

それは、生まれたばかりのヴィンセントにつけられた名前だった。ジーノに拾われて、捨てた名前。ヴィンセントという名前さえ、いくつか変えたあとの偽名のひとつに過ぎない。

本名を知りたがり、そう呼びたがったのは貴也だった。本名に未練も感慨もなかったけれど、貴也が呼んでくれると、とてつもなく素晴らしい名前に思える。

「タカヤ、俺も愛してる」

ヴィンセント――ニコラスは裸に剝いた愛しい天使の全身に、口づけを贈った。

あとがき

こんにちは、高尾理一《たかおりいち》です。

今回「優しい殺し屋」というものを書いてみたくなって挑戦したのですが、優しい紳士なだけに（殺し屋のくせに……）エッチな方向に流れてくれず、わりと難産でした。

これが「熱くてエロい殺し屋」だったら、守ると同時に肉体関係も迫るという（最低です）、私の得意な展開になってたと思いますが、そういうのが今回のコンセプトではなかったのです（笑）。

素敵な挿絵を描いてくださったせら先生、ありがとうございました！　表紙のイケメンすぎるヴィンセントを拝見したときは、興奮のあまり挙動不審になりました……！　貴也《たかや》は癖毛も色っぽい顔も泣き顔も食事顔もどれも可愛いし、パンチラから腰骨、へそ、乳首、手の角度など、目を皿のようにして見つめています。そして、せっかくご一緒できたのに、ご迷惑をおかけして申し訳ありませんでした。

最後になりましたが、読者のみなさま、ここまで読んでくださってありがとうございました。またどこかでお目にかかれますように。

二〇十二年九月　高尾理一

CROSS NOVELSをお買い上げいただき
ありがとうございます。
この本を読んだご意見・ご感想をお寄せください。
〒110-8625
東京都台東区東上野2-8-7　笠倉出版社
CROSS NOVELS 編集部
「高尾理一先生」係／「せら先生」係

CROSS NOVELS

天使にくちづけを

著者
高尾理一

2012年10月23日　初版発行　検印廃止

発行者　笠倉嗣仁
発行所　株式会社　笠倉出版社
〒110-8625　東京都台東区東上野2-8-7　笠倉ビル
[営業]TEL　03-4355-1110
FAX　03-4355-1109
[編集]TEL　03-4355-1103
FAX　03-5846-3493
http://www.kasakura.co.jp/
振替口座　00130-9-75686
印刷　株式会社　光邦
装丁　磯部亜希
ISBN　978-4-7730-8628-7
Printed in Japan